UN MOIS
A LA MER

PAR

LOUIS DE KÉRAOUI

TOURS

ALFRED MAME ET FILS

ÉDITEURS

Tours. — Impr. Mame.

BIBLIOTHÈQUE

DE LA

JEUNESSE CHRÉTIENNE

APPROUVÉE

PAR Mgr L'ARCHEVÊQUE DE TOURS

—

4e SÉRIE IN-12

UN MOIS
A LA MER

PAR

LOUIS DE KÉRAOUL

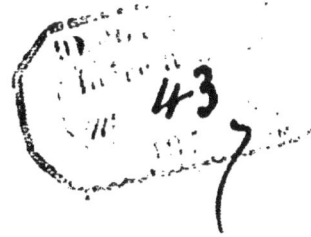

TOURS

ALFRED MAME ET FILS, ÉDITEURS

—

1877

PROLOGUE

—

Ces quelques lignes ne sont pas l'ennuyeuse chose qu'on appelle « une préface »; que le lecteur se rassure.

Cette note de l'auteur est tout simplement pour affirmer que toutes les histoires de loups et de serpents contenues dans ce volume sont vraies.

La petite bergère qui les a racontées à l'auteur vit encore aujourd'hui.

————

UN MOIS
A LA MER

—◄○►—

CHAPITRE I

Le départ de Paris.

« C'est demain que nous partons pour la mer, »
dit Mme du Theil à Louis et à Anna, ses enfants,
qui venaient d'entrer en vacances. « Faites vos
préparatifs, mes chers enfants, car nous allons
passer un mois sur la plage de Beuzeval, que
vous ne connaissez pas.

LOUIS

Quel bonheur, chère maman ! Que faut-il emporter pour nous distraire là-bas ?

Mme DU THEIL

Très-peu de choses; toi, Louis, il te faut un gros album pour prendre des vues et écrire tes observations et impressions; pour toi, ma bonne Anna, n'emporte que la belle nappe d'autel que tu commences; tu auras le temps de la terminer pendant tes loisirs. »

Mme du Theil était veuve. Ses enfants avaient : Louis, quatorze ans, et Anna, douze ans. Louis était élève du grand collège de Vaugirard; il venait de remporter un nombre suffisant de livres et de couronnes. Anna n'avait pas quitté sa mère; mais son institutrice était si contente de ses études, que Mme du Theil avait senti le besoin de donner un mois de vacances et de repos à ses enfants.

CHAPITRE II

L'arrivée.

L'express de neuf heures du matin emporta donc Mme du Theil et ses enfants. Le voyage se fit sans incident. Les belles prairies de la Normandie passèrent rapidement sous leurs yeux.

Ils arrivèrent à Trouville à deux heures et demie, et une voiture les déposa quelques heures après à la porte de la maison de Beuzeval que Mme du Theil avait louée à l'avance. Cette maison était fort simple, et les enfants furent presque effrayés de sa nudité; mais ils l'arrangèrent le mieux possible, à leur convenance.

Louis étala dans sa chambre sa longue-vue, son album, une truble à papillons, sa boîte de fer-blanc destinée à recevoir les herbes.

Anna, qui avait une petite chambre près de celle de Mme du Theil, arrangea sur sa table de bois blanc son nécessaire, ses livres de piété, sa broderie et une boîte de caramels, cadeau de sa bonne grand'mère.

On passa à la chambre de Mme du Theil.

Son papier à lettres, ses livres, ses ouvrages de tapisserie furent placés bien gentiment sur sa table avec un bouquet de fleurs composé de pavots et de quelques roses, les seules que le jardinet contenait.

Lorsque la maison eut pris un air de fête sous les mains habiles de nos voyageurs, on dîna gaiement; leurs nouveaux serviteurs de la localité avaient fait des prodiges pour contenter la famille parisienne.

Après dîner on dit la prière en commun, et on se coucha bien fatigués.

CHAPITRE III

Le premier bain. — L'orage.

Le soleil venait à peine de teindre en rose, par ses premiers rayons, le sable fin de la plage, que nos jeunes amis, déjà levés, disaient leur bonjour à la mer.

« Que cette vue est belle! s'écria Louis. Regarde ces grosses vagues transparentes, toutes couvertes d'écume; ne dirait-on pas un troupeau de moutons? elles sont terribles au milieu, et pourtant elles viennent tout doucement se briser à nos pieds.

ANNA

Mon cher Louis, il faut admirer ici la bonté de Dieu, qui permet cela afin que nous puissions venir admirer de près et sans danger la grandeur de ses œuvres.

— Mes enfants, dit Mme du Theil en amenant près d'eux un vieux pêcheur au visage franc et intelligent, voici le brave Jean-Baptiste, maître du bateau de pêche *le Saint-Pierre*. C'est le premier nageur du pays; il vous baignera et vous apprendra à nager.

— Avez-vous peur de l'eau, Monsieur et Mademoiselle? dit le marin. Avec moi, c'est un mal qui vous passera vite. La mer, voyez-vous, c'est doux et bienfaisant autant que cela a l'air méchant et terrible. A quand le premier bain, Madame?

Mᵐᵉ DU THEIL

Mais aujourd'hui même, si la marée le permet.

ANNA

Maman, que ferons-nous du reste de la journée, si nous nous baignons de si bonne heure?

JEAN-BAPTISTE

Oh! il ne faut pas craindre de vous ennuyer ici. Vous voyez cette petite cabane là-bas? lorsque vous n'aurez plus rien à faire, Monsieur et Mademoiselle, il faudra y venir; si je suis à la pêche, vous trouverez toujours ma femme, Victoire la pêcheuse. C'est celle-là qui vous en dira des histoires !

Mais il se fait temps; la mer est étale (1); si

(1) Ce mot signifie que la marée a atteint sa plus grande hauteur.

vous voulez vous revêtir de vos costumes, vous allez prendre votre premier bain. »

« Nous allons avoir de l'orage, dit Mme du Theil à ses enfants, qui revenaient d'une longue promenade faite sur la plage après leur bain. Nous n'avons pas même le temps de rentrer avant la pluie; car déjà le vent nous l'envoie au visage en larges gouttes. Il est trois heures, et nous pouvons, avant notre dîner, aller voir la femme de votre vieux baigneur. »

A peine fut-on arrivé à la hutte, que l'orage éclata dans toute sa fureur. Victoire raccommodait des filets de pêche qui devaient servir dans la nuit, et les enfants prirent plaisir à voir la navette passer et repasser entre ses doigts agiles.

Mme DU THEIL

Comme vous faites bien le filet, ma bonne Victoire! On le voit, vous n'avez fait que cela toute votre vie.

VICTOIRE

Pardon, Madame, je ne suis pêcheuse que de mon second état. J'étais bergère dans ma jeunesse.

Mme DU THEIL

Oh! vous avez bien changé, d'une occupation si douce à un métier si dangereux, accompagnant quelquefois votre mari à la mer!

VICTOIRE

Si vous saviez, Madame, tous les périls que j'ai
couru étant bergère!... J'aime encore mieux me
confier à la mer que d'avoir à lutter avec les
loups.

Mme DU THEIL

Des loups ici, y pensez-vous?

VICTOIRE

Madame, je ne suis pas de ce pays. Je suis
d'un petit port nommé Roscoff, dans le Finis-
tère. C'est là que j'ai connu mon mari, lorsqu'il
est venu pêcher sur nos côtes. Dans les Mon-
tagnes-Noires, où j'étais placée comme bergère
chez des fermiers, il y a beaucoup de loups.

LES ENFANTS

Victoire, voulez-vous nous raconter une histoire de vos loups, puisque nous ne pouvons nous
promener ni courir par cette grande pluie?

VICTOIRE

Je le veux bien, si Madame le permet. Mais je
ne sais pas conter, et je vais vous dire ce qui
m'est arrivé, tout simplement.

Mme DU THEIL

Dites, ma bonne Victoire; cela va, j'en suis
sûre, bien nous intéresser. »

CHAPITRE IV

Récit de la pêcheuse. — Première histoire de loups.

VICTOIRE

J'avais été élevée par les bonnes religieuses de la localité, lesquelles m'avaient appris à aimer le bon Dieu de tout mon cœur et à obéir à ceux qui avaient remplacé mes parents, que j'avais perdus toute jeune.

Donc, le fermier et la fermière chez lesquels j'étais bergère m'avaient donné leurs instructions au sujet des loups.

« Petite, m'avait dit le fermier, sois toujours bonne avec tes animaux; et s'il vient des loups, place-toi hardiment au milieu de tes grands bœufs, ils te défendront. »

Je venais de prendre mes douze ans, et comme j'étais très-raisonnable pour mon âge, on m'avait confié de beaux et nombreux animaux. J'avais eu d'abord bien peur de leurs grandes cornes; mais bientôt leurs yeux si doux m'avaient rassurée. Je menais mon troupeau aux champs tous les jours; et pendant que mes bêtes mangeaient, je tricotais des bas en chantant les beaux cantiques que mes bonnes religieuses m'avaient appris.

Un beau jour d'été, comme je gardais mes bœufs et mes vaches, ainsi que d'habitude, la chaleur étant grande, j'allai me reposer à l'ombre d'une grande haie si épaisse et si large qu'on ne voyait point le jour à travers ses branches. Assise sur l'herbe, ayant fini mon bas, je m'amusais avec mon aiguillon à traverser les feuilles de la haie... Tout en piquant à droite et à gauche les petites branches, je sentis que je venais d'atteindre autre chose que des feuilles... Cette autre chose sortit tout à coup du fourré. C'était une énorme louve, laquelle, couchée près de ses louveteaux, venait d'être atteinte par mon aiguillon.

Elle allait s'élancer sur moi, mais je ne l'attendis pas, et, obéissant aux recommandations de mes maîtres, j'allai me réfugier au milieu de mon troupeau.

La vilaine bête courut après moi; mais elle rencontra les grandes cornes de mes bœufs, qui firent si bien qu'ils la mirent en déroute; un taureau la poursuivit jusque dans un grand fossé, et là il la tua d'un coup de corne.

Vous voyez, Monsieur et Mademoiselle, que toute jeune j'ai été exposée à de grands dangers.

Mme DU THEIL

Merci, ma bonne, de votre histoire; elle prouve une fois de plus que l'obéissance est absolument nécessaire aux enfants.

VICTOIRE

Oh! voyez-vous, Madame, quand on aime bien le bon Dieu, on fait tout ce qu'il vous ordonne; et c'est de lui que vient tout courage et toute force. »

Jean-Baptiste rentrait couvert de la grosse pluie d'orage, après avoir amarré solidement son bateau de pêche, afin de l'empêcher de se briser sur les rochers, la mer étant très-agitée.

« Madame, dit le pêcheur, voilà mes filets raccommodés. Monsieur et Mademoiselle veulent-ils venir demain à la pêche aux crevettes? Mais il faudra être debout à cinq heures.

LES ENFANTS

Oh! oui, maman, allons à la pêche demain.

VICTOIRE

Mademoiselle, vous ne pourrez pas sans une grande fatigue, je le pense, venir à cette pêche, qui est très-pénible; mais si M. votre frère veut venir avec nous, il en prendra aussi.

Mme DU THEIL

C'est entendu, puisque Louis le désire. A cinq heures il sera des vôtres. »

CHAPITRE V

La pêche aux crevettes.

Le lendemain matin, Louis, qui avait peu dormi, ne rêvant que crevettes et filets, se leva bien doucement, et partit avec les pêcheurs, qui l'attendaient à la porte de la maison.

« Monsieur Louis, dit Jean-Baptiste, relevez votre pantalon de toile jusqu'aux genoux : nous allons entrer dans l'eau. Tenez, voici une truble : vous allez la pousser devant vous en ratissant le fond du sable. Marchez d'un mouvement bien égal, en serrant le manche de la truble sous votre bras droit. Le temps est doux, la mer calme, nous allons faire bonne récolte ; mais pas de bruit, car cette bête a des ruses que je vous raconterai en revenant ; pour l'instant travaillons. »

Ils suivirent ainsi la côte pendant deux heures;
ils prirent beaucoup de crevettes; ils les mettaient à mesure dans des sacs remplis d'algues
mouillées. Quand les sacs furent presque pleins,
on reprit le chemin de la maison.

LOUIS

Vous m'avez promis, Jean-Baptiste, de me dire
les ruses de la crevette; tenez, s'il vous plaît,
votre promesse, je suis curieux de les connaître.

JEAN-BAPTISTE

Oh! c'est qu'elle est maligne, allez! la crevette, ou salicoque, ou chevrette, ou bouquet
enfin, comme on la nomme dans divers pays.

Figurez-vous, monsieur Louis, qu'elles nagent
très-vite et très-bien, renversées sur le dos, les
crevettes. Lorsqu'on les poursuit, elles reculent
en zigzags, dans toutes les directions; et, au
moyen de leurs mouvements très-rapides, elles
nous échappent quand nous croyons les tenir.
Les crevettes se mettent à l'abri sous les rochers,
dans tous les endroits creux où le jour ne pénètre
que très-faiblement; elles se creusent ainsi de
petites demeures dans le sable; mais aussitôt
qu'elles entendent du bruit, elles fuient, en sou-
levant autour d'elles un nuage de sable qui les
cache, et... bonjour! le pêcheur ne sait plus où
mettre son filet.

Mais vous voyez cette petite scie ou dard qu'elles portent au milieu du front? eh bien! au moment où l'on cherche à les prendre avec la main, dans le creux des rochers, elles essaient de nous piquer avec ce petit poignard.

Elles voyagent toujours comme des oies sauvages, en triangle, et une grosse crevette conduit le troupeau.

Mais nous voici arrivés. J'aperçois votre maman; allons lui offrir ce qu'il y a de plus beau dans notre pêche. »

CHAPITRE VI

Les épaves de *la Joséphine*. — Les orphelins.

Au retour de la pêche à la crevette, les enfants durent songer à prendre leur bain.

Sur la plage un bien triste spectacle s'offrit à leurs yeux. Le soleil radieux éclairait une scène dont rien ne pourrait dire la désolation.

La mer montante apportait sur le rivage des

épaves, c'est-à-dire les débris d'un bateau brisé sans doute par le violent orage de la veille.

Une pauvre femme avait près d'elle deux jeunes enfants, désormais orphelins; car leur père, parti pour la pêche dans sa petite barque, la veille, n'était pas revenu...; et voilà qu'aujourd'hui des planches portant le nom de *la Joséphine* ne laissaient plus aucun doute sur le sort du pauvre pêcheur, lequel n'avait pu rentrer au port avant la tempête.

La pauvre veuve, à genoux sur le rivage, pleurait en priant Dieu de l'assister dans sa grande détresse.

Mᵐᵉ du Theil demanda quelle était la position de cette famille.

« Madame, répondit Jean-Baptiste, comme celle de nous tous, pêcheurs, que la mer fait vivre. Nous ne possédons absolument que notre bateau et nos bras. Si le chef de famille meurt, voilà la veuve et les orphelins sur la paille! Au reste, je pense que l'on fera passer la liste comme il est d'usage; chacun donne ce qu'il peut, et cela sert toujours aux premiers besoins.

Mᵐᵉ DU THEIL

Veillez, Jean-Baptiste, à ce que je ne sois pas oubliée, car j'aurai à cœur de faire cette bonne œuvre.

— Nous aussi, maman, s'écrièrent les enfants, très-vivement touchés, nous donnerons tout l'argent de notre bourse pour ces pauvres petits enfants si malheureux. »

Dans l'après-midi, la mer, qui ne garde pas toujours ses victimes, rejeta sur le rivage le corps du pauvre pêcheur.

Le lendemain matin l'enterrement eut lieu, et les enfants bien émus, ainsi que M⁰ᵉ du Theil, furent édifiés de la charité de ces braves gens, qui assistèrent tous à la triste et pieuse cérémonie.

Quelques heures après, deux pêcheurs apportèrent dans chaque maison une feuille de papier où chacun avait inscrit son nom et sa cotisation.

Après avoir mis dans la bourse son offrande et celles de ses enfants, M⁰ᵉ du Theil demanda ce qu'elle pouvait faire pour cette pauvre famille.

« Ah! Madame, dit un des marins, la chose n'est pas malaisée.

« Le petit Joseph va venir avec nous apprendre le métier qu'il avait déjà commencé avec son pauvre père; il sera marin. Mais le plus gênant pour la veuve, c'est la fille, qui a bientôt huit ans. La mère ira en journée pour faire du filet; mais la fille est trop jeune, il faudrait pouvoir

la placer quelque part et payer pour elle. Mais
où prendre l'argent? nous ne sommes pas assez
riches.

— Combien faudrait-il donc? dit timidement
Anna aux pêcheurs.

LE MARIN

Mademoiselle, il faudrait bien une pièce de
deux cents francs par an, car nos religieuses sont
si pauvres qu'elles ne peuvent plus en prendre
pour rien; et il n'en manque pas de ces orphelins! »

Lorsque les marins furent partis, Anna et Louis,
après avoir causé tout bas, demandèrent à leur
mère la permission de destiner à cette œuvre de
charité l'argent qui leur était donné pour leur
plaisir par leur grand'mère.

Mme DU THEIL

« Je le veux bien, mes enfants; venez le dire
vous-mêmes à la pauvre veuve, et jouir de la con-
solation que vous allez lui donner. »

Une heure après, nos bons enfants entraient
dans une pauvre petite cabane de pêche, et ap-
prenaient à la petite Jeanne qu'elle allait, à son
grand bonheur, être placée chez les bonnes sœurs,
afin d'y apprendre à travailler, pour gagner un
jour le pain de sa mère.

La petite Jeanne, bien reconnaissante, embrassa les mains de Mᵐᵉ du Theil, qui la combla de caresses.

Anna et Louis embrassèrent aussi leur petite protégée, et revinrent comblés des bénédictions de la pauvre famille.

CHAPITRE VII

Le crabe enragé et le crabe tourteau.

On était au bain. La mer était bonne, et les jeunes baigneurs, qui commençaient à se soutenir sur l'eau, étaient près de Jean-Baptiste, lequel suivait attentivement leurs mouvements.

A un des repos, lorsqu'ils reprirent pied, Louis se mit à crier :

« Jean-Baptiste, venez vite; quelque chose me pince bien fort le pied.

— Ce n'est rien, monsieur Louis, dit le pêcheur en accourant près de lui en riant. C'est un crabe sur lequel vous avez marché, et qui se sera défendu. Mais aussi pourquoi avoir quitté vos espadrilles?

1*

« C'est très-imprudent cela; le crabe n'est rien, mais vous auriez pu marcher sur quelques débris de faïence ou de verre de bouteille, choses que l'on jette sottement à la mer, et vous auriez eu le pied bien blessé. Voyons le mal. (Il examine le pied de l'enfant.)

« C'est bien ce que je pensais; vous avez mis le pied sur un crabe enragé.

LOUIS

Pourquoi ce nom?

JEAN-BAPTISTE

Parce que le crabe se défend d'une manière très-vive. Vous l'avez vu déjà, sur la plage, fuir les pinces levées d'un air menaçant, courant à la recherche d'un abri où il pourra se cacher.

La seconde espèce est le crabe tourteau. On en a pris qui pesaient vingt livres. Si on veut les saisir, ils font claquer leurs pinces, comme pour effrayer leurs ennemis. Mais tenez, l'eau est claire aujourd'hui; les voyez-vous courir sur le sable autour de vous?

ANNA

Jean-Baptiste, que j'ai bien fait de ne pas quitter mes espadrilles! Mais vous êtes pieds nus, et ils ne vous pincent pas?

JEAN-BAPTISTE

Oh! pour moi, je suis habitué à cela. J'ai la

peau durcie à force d'être exposé à la chaleur et au grand froid. Mais il est bien temps de sortir de l'eau. Le bain a été long aujourd'hui. »

Ils sortirent de la mer; les enfants coururent s'habiller.

CHAPITRE VIII

Les coquillages.

« Madame, dit Jean-Baptiste en entrant chez Mᵐᵉ du Theil, je ne crois pas bien prudent de baigner les enfants aujourd'hui; la mer est forte et houleuse, et nous aurons des grains jusqu'à ce soir. Moi-même je n'irai que cette nuit à la pêche aux merlans.

LOUIS

Qu'allons-nous faire? une journée de perdue!...

JEAN-BAPTISTE

Pas du tout, monsieur Louis. Si vous voulez venir avec moi sur la plage, je vais chercher des solens ou couteaux de mer; cela me servira à ma

pêche de cette nuit. Mais pour prendre les solens,
il faut être vif et adroit. Enfin la mer descend, il
ne fait pas mauvais, on peut commencer la
moisson. Je suis sûr que ceci peut vous intéresser. »

Les enfants, avec la permission de leur mère,
se mirent pieds nus dans leurs espadrilles (ou
chaussures de grève), et, armés de paniers, ils
suivirent le pêcheur.

JEAN-BAPTISTE

« Regardez bien, Monsieur et Mademoiselle; vous
voyez ces trous ronds dans le sable; quelquefois il
s'en échappe de petites bulles d'air. Le couteau
de mer est caché au fond de ce trou, qui est très-
profond; quelques grains de gros sel mis sur le
bord l'attirent; alors il faut le saisir rapidement,
car si on si le laisse rentrer, il disparaît dans le
sable et il est impossible de le retrouver. »

Les enfants purent en prendre plusieurs, à leur
grande satisfaction.

ANNA

« Jean-Baptiste, qu'est-ce que ces petites coquilles que je viens de trouver dans le sable?

JEAN-BAPTISTE

Ce sont des donaces de canards sauvages. On
les appelle ainsi parce que les canards s'en nour-
rissent. Ces petites bêtes font des sauts énormes

pour rejoindre la mer, qui les a abandonnées sur le sable lorsqu'elle descendait.

Cette autre coquille que vous avez dans la main, et qui a de si belles couleurs, se nomme ormier, ou oreille de mer. C'est très-bon à manger. Malheureusement, ces coquilles ne sont pas communes dans ce pays-ci, et le peu qu'il y en a est très-difficile à prendre, parce qu'elles se cachent dans les rochers, et ne sortent que la nuit.

Aimez-vous les bigorneaux, Mademoiselle Anna? en voilà de superbes.

ANNA

Non, nous n'aimerions pas cela; je pense, car nous n'en avons jamais mangé.

JEAN-BAPTISTE

C'est bon pour nous autres, pauvres gens qui mangeons à peu près tout ce que la mer nous apporte.

Vous voyez ce coquillage qui est à vos pieds? c'est une bucarde; regardez comme cette coquille a la forme d'un cœur! Les messieurs savants la nomment *cardium* à cause de cela.

Les bucardes se cachent quelquefois à quinze centimètres dans le sable, et l'on sait où les découvrir, parce qu'elles envoient en l'air de petits jets d'eau; c'est leur moyen de respirer à ces petites bêtes-là. Il y a des pays où on en vend de grandes quantités; ce sont des pauvres femmes et les enfants qui les pêchent. Malheureusement voici les grains, ou orages de mer, qui nous arrivent. Pour moi, je vais continuer ma pêche aux solens; mais vous, Monsieur et Mademoiselle, qui êtes peu couverts, rentrez vite chez Victoire. J'ai vu votre maman s'y diriger.

La pêcheuse vous dira quelques histoires pour vous faire prendre patience pendant ce mauvais temps jusqu'à l'heure de votre dîner. »

CHAPITRE IX

Le récit de la pêcheuse. — Deuxième histoire de loups.

« Bonjour, Victoire, dit Anna en entrant avec son frère. Jean-Baptiste vous fait dire de nous raconter une petite histoire pendant la pluie. N'est-ce pas, chère maman?

Mᵐᵉ DU THEIL

Je le veux bien; mais j'ai peur que cela ne fatigue cette bonne Victoire.

VICTOIRE

Pas du tout, Madame; mais je ne sais pas parler comme vous, et j'ai peur de vous ennuyer.

M⁰ᵉ DU THEIL

S'il en est ainsi, commencez, ma bonne Victoire.

VICTOIRE

C'est encore une histoire de loups; je ne sais que ça.

LES ENFANTS

Dites, Victoire; c'est justement ce que nous aimons.

LA PÊCHEUSE

Donc, j'étais servante chez des fermiers, comme vous savez. J'avais déjà bien vu des loups autour de mon troupeau; mais je m'y étais un peu habituée, et je n'avais pas trop peur; et puis je faisais ce qui m'était commandé à leur sujet, et ils prenaient toujours la fuite.

Un jour de juin, mes animaux étant à l'étable, mon maître me dit de prendre ma petite brouette et d'aller promptement chercher les premières pommes de terre qu'il venait d'arracher. Il voulait les porter en cadeau à notre bon curé, qui dans la paroisse était vraiment le père des malheureux, et auquel chaque fermier tenait à présenter quelques petites primeurs de sa culture.

Les pommes de terre arrachées étaient à une bonne demi-heure de la ferme, sur la lisière d'un grand champ de froment.

« Fais diligence, ma fille, dit la fermière; ne t'amuse pas en route, car nous aurons de l'orage aujourd'hui, et il ne faut pas que les pommes de terre soient mouillées; elles ne vaudraient plus rien. »

Je partis donc tout de suite, et, arrivée sur la lisière du champ, je les chargeai sur ma brouette.

Comme je finissais, j'entendis un léger bruit dans le froment, et je vis quelque chose qui faisait remuer les épis, vers le milieu du champ.

C'était de beau froment; sans mentir, il était bien plus haut que moi.

J'entrai avec précaution dans un sillon, espérant prendre de petites perdrix, comme j'en avais rapporté à la ferme, lesquelles, apprivoisées, mangeaient avec nos poules.

Arrivée dans l'endroit, oh! surprise!... quatre jolis petits chiens dans une espèce de nid fait de feuilles sèches.

J'en pris un, je l'embrassai, et je m'assis sur le bord du trou; là, je les mis tous quatre dans mon tablier, et je les couvris de caresses.

Seulement, ils essayaient de me mordre le menton, les mains et le bout du nez. Cela m'étónnait; ils étaient si gentils, que j'eusse bien joué avec eux longtemps; mais je me souvins que je désobéissais à mes maîtres; et vite, replaçant les petits chiens dans leur nid, jo courus reprendre ma brouette, et rentrai à la ferme avant les premières gouttes d'eau.

Je contai ma trouvaille à mon maître, et je lui demandai la permission de prendre un de ces jolis petits chiens pour l'élever et me l'attacher.

« Ma fille, me dit le fermier d'un air sévère, ce ne sont pas des chiens, mais de petits loups. Ton obéissance t'a sauvée; si la louve, leur mère, était arrivée pendant que tu touchais ses louveteaux, elle t'eût étranglée sur l'heure.

« Jette-toi à genoux, et remercie Dieu de t'avoir sauvée d'un si grand danger.

« Vois aussi quelle obligation tu as aux bonnes sœurs qui t'ont appris l'obéissance.

« Quant aux louveteaux, je veux, du reste, éclaircir la chose. Viens avec moi, je vais prendre mon fusil, car les louves ne plaisantent pas quand elles ont des petits. »

Après avoir remercié le bon Dieu, je suivis mon vieux maître. Nous arrivâmes près du champ. Mon maître ne s'était pas trompé. La louve arrivait en même temps que nous, tenant dans sa gueule un pauvre petit agneau qui bêlait à faire pitié. Mon maître la tua d'un coup de fusil. Puis il examina l'agneau, qu'il me donna, et me dit :

« Tiens, petite, je te donne ce pauvre petit agneau ; il n'a point de blessures mortelles. Si tu le soignes bien, il te sera bien attaché.

« Plus tard, cette petite brebis t'en donnera d'autres. Ce sera le commencement de ta dot. J'agis ainsi, parce que je perds l'espoir de la rendre à son maître, sachant que les loups vont chercher quelquefois à vingt lieues leur proie. Au reste, si j'avais le bonheur de retrouver son propriétaire, je la lui paierais, et tu la conserveras toujours. Allons voir les petits loups maintenant.

— Oh ! ne les tuez pas, dis-je, ils sont si jolis !

— Mon enfant, les méchants ne sont jamais jolis, quelle que soit leur figure ; retiens cela. Seulement, puisque tu demandes leur grâce, je vais les envoyer à notre maître. M. le comte est curieux de voir s'il pourra en apprivoiser. »

Le fermier prit les petits loups dans sa blouse et les porta au château.

Vous voyez, Monsieur et Mademoiselle, que le bon Dieu m'a toujours gardée. Je vous raconterai plus tard l'histoire d'un de ces petits loups, et vous verrez que mon maître avait bien raison de vouloir les tuer.

Mme DU THEIL

Comment le bon Dieu ne vous aurait-il pas gardée? Vous étiez une bonne petite fille, qui l'aimiez bien; et lui n'oublie pas ceux qui l'aiment.

Allons, mes enfants, il est l'heure de dîner. Merci, Victoire, nous vous sommes bien obligés de votre charmant récit. »

CHAPITRE X

La pêche aux flambeaux.

« Monsieur, dit le pêcheur à Louis qui dessinait un bateau sur la plage, voulez-vous venir ce soir à la pêche aux flambeaux? vous n'avez peut-être pas vu cela.

LOUIS

Non, jamais; nous allons demander à maman la permission d'y aller. »

Mme du Theil le permit, et les enfants furent exacts à l'heure dite.

Un curieux spectacle surprit nos jeunes amis. Beaucoup de barques étaient amarrées sur la

plage, attendant l'obscurité. Aussitôt que la nuit
fut venue, on alluma les torches, et les barques
filèrent dans toutes les directions.

Le Saint-Pierre reçut Mme du Theil et ses
enfants, qui prirent silencieusement place dans
le bateau, dont la torche de résine fut aussi al-
lumée.

La barque, conduite par une main habile,
glissa lentement sur la mer, qui était calme
comme un miroir.

Alors le pêcheur, armé d'une espèce de fourche
à trois dents, piquait les soles, les plies, les li-
mandes, les turbots et tous les poissons qui
venaient autour de la barque, attirés par la vive
lumière de la torche de résine.

Chaque barque était assez éloignée, et l'effet
produit par le reflet de ces flammes ardentes de
la résine sur les vagues si légères, frappa vive-
ment les enfants.

Quand ils eurent ainsi pêché pendant une heure,
on revint, et la barque se trouva chargée d'un
bon nombre de beaux poissons.

Louis avait piqué deux soles, et il était tout
fier de son adresse.

Les enfants allèrent se coucher bien heureux, en
remerciant leur mère de leur avoir donné ce plaisir
si nouveau pour eux.

CHAPITRE XI

La promenade à ânes. — Le goûter à la ferme.

Le lendemain, Louis et Anna prirent leur bain de bonne heure, la marée le voulant ainsi, et, après avoir déjeuné, ils demandèrent la permission de louer des ânes, afin de faire une promenade dans les jolis chemins ombreux dont la Normandie est si bien pourvue.

Mme du Theil le leur permit, et, au grand plaisir des enfants, elle y monta aussi; le petit garçon, fils du propriétaire des ânes, lui-même sur un de ces bons animaux, suivait la cavalcade.

Mme DU THEIL

« Comment te nommes-tu, petit?

BLAISE

Blaise Bonier, pour vous servir, Madame, répondit le petit conducteur.

Mme DU THEIL

Eh bien, Blaise, il faut nous conduire à une

2

ferme assez éloignée pour faire une jolie promenade. Nous désirons y trouver de la bonne crème
et du pain noir pour notre goûter.

BLAISE

Madame Hermeline a tout ça, et c'est la fermière la plus avenante de Beuzeval. Mais nous
n'y serons que dans une bonne heure.

Mme DU THEIL

C'est notre affaire. Fais-nous passer par les chemins les plus frais et les plus jolis. »

La caravane s'avançait lentement, au grand
déplaisir de Louis, qui, ayant déjà pris des leçons
d'équitation, trouvait l'allure de sa monture trop
calme et trop uniforme.

A force de vouloir activer la marche de sa bête,
celle-ci sortit du chemin tracé à travers champs,
et prit le galop dans les choux et les betteraves.

« Cadet !... arrête, Cadet... » cria le petit
conducteur. « Monsieur, arrêtez Cadet, s'il vous
plait; il va faire du dommage aux choux !... »

Madame du Theil et Anna riaient aux éclats.

Pour Louis, il ne pouvait plus arrêter son âne,
lequel, après avoir galopé sur les betteraves, faisait mine de revenir à son écurie.

Enfin Blaise finit par couper le chemin au
fugitif, qu'il ramena reprendre sa place dans la
caravane.

Les enfants avaient ri aux larmes de cette échappée, et s'étaient bien amusés.

Mme DU THEIL

« Blaise, que veut dire cet écriteau sur cet arbre?

BLAISE

Madame, cela avertit qu'il y a dans ce champ un taureau très-méchant : des personnes étrangères au pays pourraient franchir cet échalier pour se reposer à l'ombre et sur la belle verdure de ces prés. Le taureau ne les ménagerait pas, car c'est, à vrai dire, une bête terrible; et de cette manière on évite tout accident.

ANNA

C'est une bien bonne idée, car ce serait affreux d'être exposé à un tel danger! Mais, maman, le voilà qui nous regarde par-dessus la barrière. Il a des yeux bien méchants! s'il allait sauter et venir à nous?...

BLAISE

Il n'y a pas de danger, Mademoiselle, il est enchaîné; sa chaîne est assez longue pour lui permettre de paître et de courir dans le pré, mais elle l'empêche de sauter par-dessus la barrière.

C'est bien malheureux qu'il soit si mauvais, car il a eu le grand prix au concours de Caen, et Cadoul, son maître, craint bien d'être obligé de le faire tuer, parce qu'il a déjà causé bien des accidents lorsqu'on le ramène des champs. »

On chevaucha ainsi pendant une bonne heure, et on arriva à la ferme, but de leur voyage.

BLAISE

« Madame Hermeline, voilà du bon monde que je vous amène. Préparez votre meilleure crème, car on veut faire collation ici. »

Une femme à la figure franche et douce salua les voyageurs avec politesse, en leur demandant ce qu'elle devait leur servir.

Mme DU THEIL

« De la crème et du pain noir.

Mme HERMELINE

Voilà justement du pain de seigle de ce matin, Madame; pour la crème, il n'y en a pas de meilleure qu'ici. »

Mme du Theil et les enfants entrèrent dans la ferme, dont la propreté et l'arrangement étaient toute la parure.

La fermière mit sur une vieille table de chêne bien luisante une nappe de fine toile blanche, puis des assiettes de faïence commune, enfin des cuillers de bois.

Les enfants riaient de cette préparation rustique; mais la vue d'une jatte de superbe crème et de minces tartines d'un pain de seigle délicieux, et qui sentait si bon, leur fit penser qu'on pouvait être heureux au milieu de cette grande simplicité.

On fit donc beaucoup d'honneur au goûter.

Mme HERMELINE

« Si Madame veut de belles prunes, nous en avons, ainsi que des pêches qui sont bien mûres.

Mme DU THEIL

Apportez-nous vos pêches et vos prunes ; nous sommes en appétit ; nous mangerons de tout. »

La fermière apporta de beaux fruits dans une corbeille de jonc recouverte de feuilles de vigne.

Mme HERMELINE

« Avez-vous des fleurs, Madame, dans votre jardin de Beuzeval ?

Mme DU THEIL

Pas trop ! la maison que nous avons louée est sur le bord de la mer ; mais le jardin ne contient que des payots, qui sont superbes et variés, et quelques petites fleurs insignifiantes.

Mme HERMELINE

Si Mademoiselle veut faire un bouquet, nous avons de beaux œillets et des roses qui sentent bien bon. »

Anna, avec la permission de sa mère, alla cou-

per elle-même un beau bouquet et revint toute
joyeuse l'offrir à M⸺ du Theil.

« Quelles belles roses blanches, maman! dit
Anna.

— Et quelle gracieuse attention! » dit Mme du
Theil.

Après avoir payé leurs petites dépenses et remercié mille fois la fermière, la petite caravane
reprit sa route.

Anna, s'approchant alors de Mme du Theil, lui
dit :

« Maman, si nous pouvions passer en revenant près de notre pauvre petite église, nous aurions grand plaisir, n'est-ce pas, à offrir ces belles
roses à la sainte Vierge? elle en a si rarement!

Mme DU THEIL

Tu as une bien bonne idée!

Blaise, ramenez-nous par le chemin qui conduit à l'église; nous nous y arrêterons pour dire
nos prières. »

La petite paroisse de Beuzeval, qui ne possède
que quelques centaines de paroissiens, n'a d'autres
ressources que les dons de quelques fermiers riches et les offrandes des baigneurs.

Anna eut un grand plaisir à offrir son joli bouquet à la bonne sainte Vierge; on le plaça dans
un modeste vase, à côté de quelques petites fleurs

sauvages et de la verdure que les enfants du catéchisme apportaient pieusement chaque jour.

Nos voyageurs voulurent saluer le bon curé,
mais il était parti voir un malade.

Reprenant leurs montures, ils revinrent sans
autre incident à la maison, trouvant cette journée
charmante et bien remplie.

CHAPITRE XII

Les fucus, les éponges, la zostère.

La marée avait été forte pendant la nuit; le
lendemain, les enfants allèrent avec leur mère le
long du rivage, en cherchant des coquilles que la
mer avait rejetées sur le sable, ainsi que beaucoup
d'herbes marines.

Louis se chargea de ces grandes algues qui ont
la forme de longs rubans. Anna fit aussi une belle
moisson de plantes et de coquilles.

On se dirigea alors du côté de Jean-Baptiste, qui
préparait son embarcation pour la pêche, afin de

lui demander ce que c'était que toutes ces plantes.

JEAN-BAPTISTE

« Celle que vous regardez là, Mademoiselle, est la *zostère marine;* elle est l'ennemie des huîtres, elle pousse près d'elles, et étouffe les jeunes huîtres, parce qu'elle les empêche d'avoir la fraîcheur de l'eau. Pour nous autres pêcheurs, c'est bien plus terrible! quelquefois, sur les côtes en nous baignant ou en nageant, nous nous sentons les bras et les jambes entortillés sans pouvoir nous défaire, et, grâce à cette méchante herbe, qui a de longues racines, le pauvre pêcheur reste au fond de la mer. Cette autre petite herbe frisée et blanche que vous avez trouvée aussi est un *fucus*. Oh! celle-là est une bonne petite plante. On en fait souvent de grandes recherches. Elle est assez rare et elle se vend très-bien. En Bretagne, on la met dans du lait, et on en fait d'excellents fromages!

Puis elle sert aussi pour les rhumes, contre lesquels on en fait une très-bonne tisane.

Je vous conseille de ne pas la jeter et de l'emporter chez vous, toutes les fois que vous la trouverez.

Lorsque vous serez bien loin d'ici, elle vous rappellera vos joyeuses vacances, et elle pourra vous être utile.

LOUIS

Oh! puisque cette plante que vous nommez zostère est si méchante, je ne veux pas la conserver pour souvenir.» Et il s'empressa de la jeter loin de lui avec dégoût.

« Voilà ce que je fais des méchants, » dit-il.

Les enfants continuèrent leur promenade, après avoir remercié le bon Jean-Baptiste de ses renseignements.

Mᵐᵉ du Theil et les enfants marchèrent ainsi pendant une heure, en ramassant de petites coquilles et de petites plantes marines.

Louis et Anna trouvèrent aussi sur de vieilles coquilles d'huîtres de petites éponges.

ANNA

« Maman, nous permettez-vous de les emporter? elles nous serviront.

Mᵐᵉ DU THEIL

Ma chère enfant, je te le permets; mais elles ne grossiront pas plus, parce qu'elles sont hors de la mer, et, petites comme elles le sont, elles ne te seront d'aucune utilité. »

Les enfants emportèrent avec joie toutes leurs jolies trouvailles.

« Regardez, maman, dit Anna, voici de petites coquilles de toutes les couleurs : que peut-on en faire?

Mᵐᵉ DU THEIL

Je crois, mes enfants, qu'on en fait des fleurs, des pelotes; on les colle sur de petites boîtes, et on fait avec leurs couleurs variées de très-jolis dessins. On m'avait donné autrefois de petits bonshommes dont les vêtements étaient tout en coquillages. Ils étaient très-jolis.

ANNA

Qu'en avez-vous fait, maman?

Mᵐᵉ DU THEIL

Je les ai donnés à une de mes cousines, qui les désirait bien.

Emportez tous vos petits coquillages, je suis certaine que vous saurez en tirer parti. »

CHAPITRE XIII

La pêche aux moules. — Le petit homard. — Les anatifes.

« Victoire, où allez-vous donc avec ces paniers? » demanda Louis à la pêcheuse, laquelle passait sur la plage, suivie de quelques femmes de pêcheurs et de beaucoup d'enfants, tous portant de grands paniers.

« Monsieur Louis, dit Victoire, nous allons aux Roches-Noires chercher des moules. Jean-Baptiste et plusieurs pêcheurs y sont depuis ce matin; nous allons les rejoindre.

ANNA

Attendez un peu, bonne Victoire, je vous prie; nous allons demander à maman la permission d'aller avec vous. »

Les enfants arrivèrent en courant près de Mme du Theil, qui causait avec le bon curé de Beuzeval, lequel visitait également les riches et les pauvres de sa paroisse.

LES ENFANTS

« Maman, nous permettez-vous d'aller à la pêche aux moules avec Victoire?

Mme DU THEIL

Mes bons enfants, je ne puis aller aujourd'hui avec vous, nous remettrons donc la partie à une autre fois.

— Ah! Madame, dit le bon curé, vous pouvez confier vos enfants à Victoire la pêcheuse. C'est une pieuse femme, l'édification de notre petite paroisse; laissez aller vos enfants avec elle; je vous assure qu'elle veillera sur eux comme vous-même. »

Louis et Anna remercièrent M. le curé et partirent avec Victoire, qui venait de recevoir toutes
les recommandations de Mme du Theil.

ANNA

« Est-ce bien loin, les Roches-Noires?

VICTOIRE

A un quart de lieue, Mademoiselle; mais, sans
nous presser, nous y serons dans une demi-heure;
une fois là, la pêche vous amusera. »

Tout en causant de choses et d'autres, les enfants et les pêcheurs arrivèrent aux fameuses roches, qui étaient bien nommées, car elles étaient
noires des moules attachées à leurs flancs.

VICTOIRE

«Voyez-vous, mademoiselle Anna, la moule, c'est
l'huître du pauvre; les huîtres sont toujours
chères, elles deviennent très-rares sur nos côtes.

Mais la moule, le bon Dieu nous la donne avec
abondance; c'est notre nourriture à nous, pauvres
pêcheurs. »

Louis courut dire bonjour à Jean-Baptiste. Ce
dernier lui répondit qu'il était heureux de le voir,
ayant toutes sortes de choses à lui montrer.

JEAN-BAPTISTE

«Voyez d'abord ces moules. Chacune d'elles tient
aux rochers par un petit câble. Eh bien, ce petit

câble, c'est elle qui l'a filé avec cette espèce de langue qui est en même temps pour l'animal un pied sur lequel il s'appuie.

Vous avez vu filer des vers à soie? la moule file de là même manière, je ne dis pas que ce soit de la même soie; mais pour s'attacher solidement sur le rocher, la pauvre bête a fait plus de cent fois le trajet du rocher à sa coquille.

Quand elle croit le fil assez fort, elle ne s'en occupe plus. Ce câble devra désormais l'empêcher de tomber dans la vase ou dans le sable.

ANNA

C'est bien curieux à voir, tout cela, Jean-Baptiste; nous avons souvent mangé des moules, mais nous ignorions ces détails. Montrez-nous, je vous prie, à les détacher, nous voudrions en porter de belles à maman. »

Les enfants avaient presque rempli leurs petits paniers, lorsque Anna s'écria :

« Oh! quel horrible animal!... Venez vite, Jean-Baptiste! là, dans ce creux du rocher, il y a un petit monstre hideux! »

Le pêcheur accourut.

JEAN-BAPTISTE

« Ça! ce n'est pas joli, mais ce n'est pas méchant; c'est un pauvre petit homard qui a six mois à peu près.

LOUIS

Mais non! nous connaissons bien les homards;
ceci n'en est pas un, il n'a pas de carapace!

JEAN-BAPTISTE

Faites excuse, monsieur Louis, c'est bien un
jeune homard. Je vois que vous ignorez que ces
animaux-là changent de carapace à mesure qu'ils
grossissent; ce pauvre petit malheureux, qui n'a
pas encore sa nouvelle, n'ose pas se montrer en
mer, de peur d'être avalé par de gros poissons;
lui et ses pareils se cachent dans ces changements,
qui arrivent jusqu'à une trentaine de fois dans
leur vie.

Allons, dit le pêcheur en le prenant avec la
main très-doucement, tu n'as pas bien choisi ta
retraite, mon ami, puisqu'on t'a vu. Tiens, je
vais te mettre sous ce grand rocher, et tu partiras
à la mer montante, lorsque tu auras repris ton
habit.

LOUIS

Mais comment une carapace peut-elle pousser
sur un corps si mou?

JEAN-BAPTISTE

Voici ce qui arrive, monsieur Louis, et c'est assez
curieux: l'animal a toutes les peines possibles pour
sortir de sa rude enveloppe, qu'il brise après bien
des agitations et des efforts. Alors il dépouille ses

mâchoires, ses dents, ses antennes et ses yeux
eux-mêmes, et jette le bouclier qui couvre sa poi-
trine et sa tête. Il se cache ainsi, et sa croissance
se fait en quelques jours.

Aussitôt qu'elle est faite, l'animal, qui a amassé
dans son estomac une substance calcaire en boule,
scie, pour ainsi dire, cette nouvelle peau, laquelle, le recouvrant partout, se durcit, et de-
vient une nouvelle carapace.

Alors il sort de sa cachette, et reprend la mer
jusqu'à la nouvelle mue.

Il paraît que le jeune homard perd et refait sa
carapace huit à dix fois dans sa première année,
cinq à sept dans la seconde, enfin tous les ans, à
partir de ses cinq ans.

ANNA

Oh! que c'est chose singulière que l'enfance de
ces pauvres homards! Mais qui a pu voir cela?
En est-on bien sûr?

JEAN-BAPTISTE

Très-sûr, Mademoiselle. A l'île Tudy, en Bretagne, des messieurs très-savants ont fait faire
de grands réservoirs d'eau de mer, et là ils ont
suivi et étudié la vie de beaucoup de poissons, de
mollusques, crustacés, etc. etc., qu'ils élèvent.

Mais venez voir ce que la mer a rejeté la nuit
dernière, ceci ne se voit pas tous les jours; ce

morceau de bois informe est un débris de navire
naufragé. Il y a peut-être plus de cinq ou six ans
qu'il est au fond de la mer, voyez ce qu'il apporte
avec lui.

LOUIS

Ah! Jean-Baptiste, quelles jolies coquilles!

JEAN-BAPTISTE

Ce sont des *anatifes*. Regardez ce long tube qui
les tient attachés au morceau de bois. C'est leur
manière de se fixer à la demeure qu'ils ont choisie;
restons quelques minutes sans parler, et regardez
attentivement. »

Après un moment de silence, Anna s'écria :
« Que c'est laid à voir ces petites griffes noires
qui sortent de leurs coquilles!

JEAN-BAPTISTE

Que voulez-vous, Mademoiselle, c'est pour at-
traper toutes les petites bêtes qui passent à leur
portée. Au fond de la mer, cela leur sert à arrêter
au passage mille petits animaux qui deviennent
leur nourriture; si leurs griffes sont laides, la coquille des anatifes, bleue et délicate, est fort jolie.
On en fait des pelotes; on les colle au bout de
rubans de toutes couleurs qui servent à marquer
les livres. J'ai vu ici des dames qui en faisaient de
jolis souvenirs pour les porter à leurs amies de
Paris.

ANNA

Donnez-m'en alors quelques-unes, Jean-Baptiste, je veux aussi en emporter.

JEAN-BAPTISTE

Je vous en arrangerai, car il faut les vider et les nettoyer; puis j'irai vous les remettre chez vous. »

Nos jeunes amis revinrent enchantés d'avoir appris tant de choses nouvelles.

CHAPITRE XIV

Promenade sur les dunes. — La mer phosphorescente.

« Vous avez pris votre bain et déjeuné, mes enfants, dit Mme du Theil à Louis et à Anna; prenez donc vos longues-vues et vos albums, nous allons faire une bonne promenade sur les dunes.

« Mon cher Louis, le soleil est caché aujourd'hui; ce sera une belle journée pour dessiner quelques vues de la mer du haut des falaises que nous allons gravir.

ANNA

« Maman, j'emporte ma broderie, je vais l'avancer un peu pendant que Louis dessinera ; car, depuis nos promenades, ma pauvre nappe d'autel est bien négligée. »

Nos touristes furent bientôt arrivés au haut de ces grandes dunes, où un magnifique spectacle les attendait.

A droite, la pleine mer se montrait majestueuse. A gauche, Dives et Cabourg se détachaient au loin sur le ciel gris.

ANNA

« Maman, je vois à l'horizon un énorme oiseau blanc ; tenez, regardez là-bas.

Mme DU THEIL

Chère enfant, c'est le moment de prendre ta longue-vue ; ce que tu prends pour un énorme oiseau blanc, est tout simplement un navire dont tu ne vois que le haut des voiles.

Vous savez que c'est là une des meilleures preuves de la rondeur de la terre. Nous ne voyons que le sommet des voiles ; tout à l'heure vous allez voir la coque de ce bâtiment, car le vent le pousse de notre côté.

LOUIS

C'est vrai, maman ; on voit le petit navire tout

entier maintenant. Il a une flamme bleue, il va passer devant nous. Tenez, regardez à travers la longue-vue, on distingue les marins à bord.

Mme DU THEIL

C'est une petite goëlette, elle va à Cabourg; là il y a beaucoup de baigneurs; mais nous aimons mieux notre chère solitude de Beuzeval.

LOUIS

Ah! voilà ce qui est joli à dessiner! Regardez ces barques de pêcheurs chargées de poisson. Elles rentrent au port. Et puis ce grand bateau à vapeur, où va-t-il, maman?

Mme DU THEIL

A Trouville, je crois; il part de Dives chargé de voyageurs. Dépêche-toi de le dessiner, car il est déjà bien loin. »

Après quelques heures, bien vite passées sur ces charmantes falaises, on revint chargés de dessins et de jolies petites fleurs sauvages dont Anna s'était fait un bouquet.

Un peu avant d'arriver on trouva Victoire; la pauvre femme était pliée sous de lourds filets mouillés, qu'elle emportait pour les raccommoder.

VICTOIRE

« Bonjour, Madame et la compagnie. J'ai une

commission à vous faire. Jean-Baptiste vous envoie dire que ce soir la mer sera phosphorescente, le temps étant orageux et la chaleur forte. Si vous n'avez pas vu cela, il viendra vous prendre vers neuf heures.

Mme DU THEIL

Avec plaisir, bonne Victoire; mais qu'est-ce que c'est?

VICTOIRE

Vous verrez cela vous-même, Madame; je ne veux pas vous ôter le plaisir de la surprise. Nous viendrons vous prendre ce soir à neuf heures. »

On dîna, et l'on attendit avec impatience l'heure dite. Elle sonnait lorsque le pêcheur entra.

JEAN-BAPTISTE

« Allons! Madame, j'espère que cela va amuser Monsieur et Mademoiselle; partons, il est temps. »

L'obscurité était complète sur la terre. Mais la mer!... Chaque vague, en se brisant sur les goémons, faisaient jaillir des milliers d'étincelles. La démarcation de la mer sur le sable était tracée par un vrai sillon de feu.

ANNA

« Oh! que c'est beau! C'est un vrai feu d'artifice!...

JEAN-BAPTISTE

Oui, Mademoiselle; seulement c'est le bon Dieu

qui a fait celui-ci; il va durer toute la nuit et n'est pas dangereux. Mais tenez, Madame, venez admirer de plus près la beauté des œuvres du bon Dieu. »

Disant cela, Jean-Baptiste sauta dans une petite chaloupe, et, prenant les avirons, il souleva autour de lui tant de lueurs et d'étincelles, que les yeux étaient éblouis de ces superbes jets de lumière phosphorescente.

On aurait admiré ceci longtemps, si Mme du Theil n'avait fait souvenir les enfants qu'il fallait prendre du repos pour réparer ses forces afin d'être bien défatigués pour la journée suivante.

On remercia le bon pêcheur et on revint se coucher, tout en causant de la mer phosphorescente.

CHAPITRE XV

Récit de la pêcheuse. — Troisième histoire de loup.

La journée était splendide; le ciel, d'un bleu d'azur, se reflétait dans la mer, qui ressemblait à un grand lac dont aucune brise ne vient troubler la légère transparence.

Louis et Anna, revenant avec Mme du Theil d'une longue promenade sur la plage, aperçurent la pêcheuse, laquelle, assise sur le sable à l'ombre des grandes falaises, finissait un grand filet nommé seine.

Les enfants coururent à elle pour lui dire bonjour, car ils aimaient bien cette digne femme.

ANNA

« Quelle belle histoire nous direz-vous aujourd'hui, Victoire, pour nous délasser de notre longue promenade? Dites-nous donc encore quelque chose de vos loups.

VICTOIRE

Avec plaisir, Mademoiselle; pourtant ce sera la dernière histoire, car je n'aime pas à parler de ces vilaines bêtes; mais enfin, puisque cela vous amuse, voilà. (Les enfants s'assirent sur le sable et écoutèrent.)

VICTOIRE

Ce jour-là, ah! la sainte Vierge m'a gardée comme par miracle, la chose est sûre! Je venais de prendre mes treize ans, et je n'étais ni bien grande ni bien forte pour mon âge. J'allais presque tous les jours chercher de l'herbe pour mes animaux, que la chaleur du printemps tenait à l'étable. Un jour je revenais à la maison, portant sur ma brouette un beau trèfle fleuri que mon maître avait coupé le matin même. J'étais à une demi-lieue de la ferme; il y avait, sur la route où je passais, un fossé rempli de plus de dix pieds d'une vase épaisse. Sur ce fossé était jeté un petit pont fait de quelques planches; ce fossé était une ancienne cressonnière qu'on n'avait pu dessécher.

Avant d'arriver au pont, je vis de loin, sur la route, une bête que je pris pour un petit âne. Cette bête ne bougeait pas, me regardant venir. Mon cœur battit bien fort, lorsque, m'étant approchée, je reconnus.... un énorme loup noir!... Celui-là n'avait pas peur, car les cris que je poussai comme le font les petites bergères : Au loup!... au loup!... ne parurent pas être entendus de lui. Je regardai de tous les côtés?... Personne!... C'était l'heure à laquelle les laboureurs vont dormir ; les champs, les prés étaient déserts! de la ferme on ne pouvait pas m'entendre ni me voir ; j'étais donc seule!...

J'élevai mon cœur à Dieu, et priai la bonne sainte Vierge de garder sa petite servante. J'étais enfant de Marie depuis ma première communion, et j'avais toute confiance dans ma bonne mère du ciel, que je priais tous les jours. Enfin, il me fallait passer sur le petit pont que le grand loup gardait.

Je regardai fixement l'affreuse bête ; ses yeux étaient comme des charbons ardents. Sa gueule entr'ouverte laissait voir d'énormes crocs.

Dans ce moment, je me souvins d'un pauvre petit berger de dix ans, le petit Urbain, qui avait été étranglé et mangé par un loup noir. Mais j'avais toujours pensé qu'il n'avait point fait sa prière ; la sainte Vierge l'eût sûrement gardé s'il l'avait priée.

Je fis le signe de la croix ; et, me recommandant à Dieu, j'ôtai mes petits sabots, que je frappai bien fort l'un contre l'autre en faisant le plus de bruit que je pouvais, mes maîtres m'ayant dit de faire de même dans les dangers des loups.

J'avançai ;... le loup fit un petit mouvement, mais sans se déranger.

J'avançai encore... ; il recula un peu... Je redou-

blai de bruit, et criant toujours : Au loup!... au
loup!... je me trouvai à quelques pas de lui...
J'étais presque à le toucher..., lorsque, faisant un
saut brusque en arrière, sans me perdre de vue...,
ô bonheur!... il tomba lourdement dans la vase
du fossé, où je le vis disparaître.

Pour moi, je repris vitement ma brouette, et
tout le long du chemin je remerciai le bon Dieu et
la sainte Vierge. Toute joyeuse, je contai à la
ferme ce qui m'était arrivé, et mon plaisir d'avoir
laissé le vieux loup dans la vase.

Le fermier partit avec des hommes de journée.
Ils trouvèrent le mauvais animal toujours dans le
fossé, où ils le tuèrent.

On loua mon courage; mais tous reconnurent
que la sainte Vierge seule avait pu me sauver.

Voilà, mes enfants, ma dernière histoire de
loup. Mais voici Mᵐᵉ du Theil; je vais aller saluer
cette bonne dame.

ANNA

Maman, nous savons une histoire de loup encore plus touchante que les autres!

Mᵐᵉ DU THEIL

Merci, ma bonne Victoire; je vois que vous
savez amuser les enfants.

VICTOIRE

Pardon, Madame, toutes ces histoires sont

2·

vraies; elles ma sont arrivées comme je l'ai ra-
conté. Monsieur et Mademoiselle, voilà Jean-
Baptiste qui vous attend pour prendre votre bain.»

On reprit la route des cabines.

CHAPITRE XVI

La pêche aux huîtres. — Le courmailleau. — Le maërle.

« Voilà du fruit nouveau, Madame, dit la
pêcheuse en entrant chez Mme du Theil.

ANNA

Qu'est-ce donc, Victoire?

LA PÊCHEUSE

Ce sont les premières huîtres de la saison. La
pêche est ouverte d'hier seulement.

Mme DU THEIL

Merci, ma bonne Victoire, de votre aimable
attention. Mais quand avez-vous péché cela?

VICTOIRE

Ce matin, Madame, nous sommes allés aux
Roches-aux-Algues; et il y en a beaucoup cette
année.

LOUIS

Si vous m'aviez prévenu, Victoire, je serais allé avec vous.

VICTOIRE

Mais il n'est pas trop tard, monsieur Louis. Si demain vous voulez y venir, Jean-Baptiste tiendra *le Saint-Pierre* prêt à votre heure, et vous vous amuserez bien.

Mme DU THEIL

Le trajet est-il long ?

VICTOIRE

Vingt minutes à la voile, Madame, et, la marée nous poussant, nous arriverons gentiment et de bonne heure.

Mme DU THEIL

Nous serons prêts à six heures, Victoire : est-ce assez tôt ?

VICTOIRE

Très-bien, Madame; nous vous attendrons avec la barque.

Le lendemain nos jeunes gens étaient prêts de grand matin. Munis de paniers et de leurs costumes de mer, Jean-Baptiste les embarqua, et la voile blanche, gonflée par une bonne brise, fit rapidement glisser *le Saint-Pierre* sur les flots. On fut bientôt arrivé.

De beaux rochers que la mer venait de découvrir se montrèrent à leurs yeux.

JEAN-BAPTISTE

« Voici une bonne fortune pour Beuzeval ; il y aura beaucoup d'huîtres cette année. »

Les enfants se mirent à en détacher des rochers.

« Oh ! dit le pêcheur, ne prenez que les grandes ; laissons les petites pour l'année prochaine. Ne mangeons pas notre bien en herbe !

ANNA

Jean-Baptiste, qu'est-ce qu'il y a sur cette huître ? elle est tout épaisse et blanche ; on dirait qu'il y a dessus une petite maçonnerie.

LE PÊCHEUR

Ceci, Mademoiselle, se nomme le *maërle* ou *mellepora*. C'est un animal terrible pour les huîtres ; il les envahit, en les couvrant d'une épaisse couche calcaire, qui empêche l'huître de grossir et finit par la détruire tout à fait. Mais tenez, voici encore un de ses grands ennemis. Vous voyez ce bigorneau perceur ? On le nomme sur nos côtes *courmailleau* ou *murex*. Il perce l'huître et la mange ; car il est carnivore. Si vous pouviez voir ses dents ! elles sont comme celles d'un petit requin, dures comme du diamant. Elles scient les coquilles les plus épaisses pour faire un trou, et alors le maraudeur n'a plus qu'à tuer et à dévorer sa victime.

Mais tenez, vous avez bien vu sur la plage des coquilles percées d'un trou rond, comme s'il était fait avec une vrille? Ce trou indique que le propriétaire de cette coquille a été mangé par le courmailleau, qui a mis quatre à cinq jours pour percer l'huître. Ce petit trou une fois fait, le cour-mailleau suce le corps de la pauvre huître; celle-ci, épuisée, ouvre sa coquille pour recevoir un peu d'eau de mer, se sentant très-faible. Quelquefois le crabe enragé, qui a vu le bigorneau perceur, et qui guette l'instant, se jette sur l'huître et la dé-vore dans quelques minutes!...

—Mais, dit Mme du Theil, vous êtes un savant, Jean-Baptiste; où avez-vous appris tout cela?

JEAN-BAPTISTE

Madame, par mes observations; et puis j'ai été au service de l'État; j'ai navigué partout. J'ai en-tendu parler bien des messieurs savants, et j'ai un peu retenu de ce qu'ils disaient. »

On pêcha des huîtres toute la matinée, et, en remontant dans *le Saint-Pierre*, les enfants trou-vèrent leurs paniers remplis de belles huîtres.

On revint à l'aviron, et le déjeuner sembla bon après un tel exercice.

CHAPITRE XVII

La sèche. — Le corail.

En revenant de la grand'messe, les enfants allèrent sur la plage avec Mme du Theil. Jean-Baptiste, en habits de dimanche, s'y promenait avec cet air grave qui caractérise les hommes qui sont toujours en face des grandes beautés de la nature, ainsi que ceux qui affrontent tous les jours les plus grands dangers.

Mme DU THEIL

« Jean-Baptiste, si vous n'avez rien de pressant à faire, je vais vous confier mes enfants. J'ai des lettres à écrire, et le dimanche je n'aime pas à les voir se promener seuls. Je suis tranquille les sachant avec vous; je vous les donne pour une heure.

JEAN-BAPTISTE

Je suis à vos ordres, Madame; je suis bien content de faire faire une bonne promenade à Monsieur et à Mademoiselle.

Nous allons bien trouver quelques petites choses pour nous récréer. »

Les enfants partirent joyeux avec le pêcheur; ils savaient qu'avec lui il y avait toujours du nouveau, et qu'ils ne s'ennuyaient pas.

LOUIS

« Qu'est-ce que c'est donc que ces coquilles blanches? quelle quantité en voilà!... J'en ai vu mettre dans la cage des serins. Je crois même qu'ils en mangent.

JEAN-BAPTISTE

Vous ne vous trompez pas, monsieur Louis; les oiseaux aiment le goût salé de leurs coquilles.

On nomme cela des *sèches;* on les vend fraîches pour faire une sorte d'encre ou couleur nommée *sépia.* Mais ce que vous voyez là n'est que sa carapace. Son corps se trouve adhérent à cette carapace; il est mou et gélatineux, et ressemble à de la colle de pâte. N'en avez-vous donc jamais vu de vivantes?

— Oh! non, jamais, dirent les enfants; mais nous voudrions bien en trouver.

JEAN-BAPTISTE

Je vous en montrerai; c'est, du reste, très-joli! Cela a une petite tête avec des oreilles comme un petit chat, et de charmants yeux bleus.

Tenez, mademoiselle Anna, regardez bien ceci :
c'est un petit morceau de corail rosé.

ANNA

Mais ça ne ressemble pas du tout au corail dont
maman a des parures.

JEAN-BAPTISTE

D'abord, Mademoiselle, celui dont vous parlez
est du corail qui vient du fond de la mer et ne se
trouve pas dans nos pays ; et puis il a été taillé
par les bijoutiers.

Celui-ci est rejeté par la mer sur nos côtes, mais
assez rarement. Ces petites branches sont délicates
et jolies, mais ne pourraient être taillées.

LOUIS

Mais enfin, Jean-Baptiste, qu'est-ce qui fait le
corail ?

JEAN-BAPTISTE

Monsieur Louis, ces coraux sont des arbres im-
menses qui, du fond de la mer, montent à la sur-
face.

On croit que de petits animaux, accumulant
substance sur substance, finissent par former ces
sortes de forêts, leurs demeures, si dangereuses
pour les navigateurs. Le corail est une des plus
belles productions de la mer.

Lorsque j'ai navigué au service de l'État, mon
bâtiment fut envoyé au Japon ; nous passâmes

dans la mer de corail, et là se trouvaient des récifs terribles, faits de nombreux bancs de ces coraux.

Ils forment des rochers si dangereux, que bien des beaux navires se sont perdus dans ces parages !...

ANNA

Ah ! Jean-Baptiste, que de dangers vous avez courus !

JEAN-BAPTISTE

Mademoiselle, dans notre état nous sommes toujours préparés à paraître devant Dieu, et nous avons dans nos grandes peines recours à notre bonne mère du ciel, qui intercède pour nous près de Dieu, car elle a pitié des pauvres marins ; aussi nous ne l'oublions jamais ! Et, à notre retour, notre première visite est à sa chapelle, où, du fond de notre cœur, nous lui adressons nos reconnaissantes prières...

ANNA

C'est très-bien, Jean-Baptiste, et c'est fort touchant.

JEAN-BAPTISTE

Monsieur et Mademoiselle, je suis fâché de vous dire qu'il est temps de retourner. L'heure que Mme du Theil vous a accordée est près de finir. »

Les enfants revinrent avec Jean-Baptiste, en

apportant à leur bonne mère les sèches et le corail qu'ils avaient trouvés.

CHAPITRE XVIII

Récit de la pêcheuse. — Première histoire de serpent.

Il était impossible de rester sur la plage le lendemain, tant la chaleur y était forte. Le sable semblait brûler les yeux par une réverbération intense.

Les enfants allèrent chercher de l'ombre dans la cabane des pêcheurs. Victoire y travaillait ; et, voyant un peu d'ennui sur les jeunes visages de Louis et d'Anna, elle leur dit qu'elle allait raconter une histoire, dont elle s'était souvenue à leur intention.

VICTOIRE

« Je vous ai dit, Monsieur et Mademoiselle, que j'avais fini mes histoires de loups ; celle que je vais vous dire m'est arrivée à moi-même, et je vous assure qu'elle est bien vraie.

Vous savez que j'avais un grand troupeau de vaches et de bœufs à conduire aux champs?

Parmi ces derniers était un taureau que j'avais soigné lorsqu'il était tout petit. Jamais il ne m'était arrivé de le battre. S'il s'attardait derrière les autres, je le poussais doucement.

Il était pourtant méchant avec quelques personnes, mais surtout avec celles qui l'avaient rudoyé.

LOUIS

Il était, sans doute, comme celui qu'on nous a montré dans un champ près d'ici, attaché avec une chaîne?

VICTOIRE

Monsieur, les animaux ne deviennent méchants que lorsqu'on les maltraite. Croyez-moi, ils aiment ceux qui sont bons envers eux.

Donc, mon taureau était doux comme un agneau avec moi, et j'avais tant de confiance en cette bonne bête que quelquefois, lorsque je le menais paître autour des champs cultivés, je l'attachais avec une corde, et, la corde passée à mon bras, je travaillais. Souvent il m'arrivait de m'endormir malgré moi par la grande chaleur. Je savais que les loups n'auraient pas approché pendant qu'il était là.

Tandis que je dormais, le bon animal mangeait

l'herbe tout autour de moi; il venait bien près,
mais quelles précautions il prenait pour ne pas me
faire du mal! D'un seul de ses pieds il pouvait
m'écraser; jamais je n'ai eu cette peur-là!

Vous allez voir comme quoi ma confiance en lui
n'a point été trompée.

Nous étions en juillet; il faisait une chaleur
étouffante. J'étais levée depuis quatre heures du
matin, je m'endormis sans le vouloir. Mon taureau broutait l'herbe, sa corde passée à mon bras.
J'étais à l'ombre d'un buisson d'aubépine; dans
mon sommeil ma tête tomba sous le buisson... Je
ne sais combien je dormis de temps; mais tout à
coup quelque chose vient me réveiller. On me ti-
rait par la manche de ma robe de toile. J'ouvris
les yeux; c'était mon taureau qui me réveillait
ainsi. Il avait l'air inquiet, regardant plus haut
que moi dans le buisson; j'y regardai aussi, car
je compris que je courais quelque danger.

Horreur!... Je vis, pendant sur ma tête et se
balançant à une branche, une des plus grosses
vipères dont le pays était rempli.

Je ne fis qu'un bond, et bien m'en prit, car
l'affreuse bête s'élança sur la place que je venais
de quitter. Je pris la corde de mon bon taureau,
que je caressai pour le remercier de m'avoir
sauvé la vie.

Nous rentrâmes à la ferme ; et mes maîtres me dirent que la bête avait été simplement reconnaissante de tous mes soins, les animaux n'oubliant jamais ce qu'on fait pour eux. J'obtins aussi de ne pas laisser vendre mon bon animal, et on le garda à la ferme, où il était encore lors de mon départ du pays.

ANNA

Ah ! votre histoire est effrayante !

LOUIS

Mais, Victoire, ce n'était peut-être pas une vipère ?

VICTOIRE

Pardon, Monsieur, il y avait aussi des couleuvres, mais nous les connaissons bien ; celles-là ne sont pas venimeuses. Mon maître tua cette vipère le jour même, et le pharmacien du village l'a mise dans l'esprit-de-vin pour la conserver à cause de sa grosseur.

Mme DU THEIL

Merci, ma bonne Victoire, de votre intéressant récit. J'aime beaucoup vous entendre parler de la bonté envers les animaux.

Je sais, comme vous, qu'elle les trouve toujours attachés et reconnaissants. Puis c'est aussi la preuve d'une grande douceur de caractère ! »

CHAPITRE XIX

La promenade en bateau.

« Ma chère maman, dit Louis, il n'y a que nous qui ne nous promenions pas en bateau ! Nous venons de voir passer des dames, des messieurs, tout le monde de Cabourg et de Dives, dans de grandes embarcations, et nous, seuls, comme de petites huîtres sur leur rocher, nous ne bougeons pas !

Mme DU THEIL

Voyons, Louis, crois-tu que j'aie l'intention de te priver d'un plaisir raisonnable, si cela était possible ?

ANNA

Je sais que vous êtes bien bonne, ma chère maman ; mais je pense, comme Louis, qu'il n'y a que nous qui n'allions pas nous promener en bateau.

Mme DU THEIL

Pauvres enfants ! vous ne savez ce que vous demandez.

Il est probable qu'en passant deux heures en bateau vous aurez le mal de mer ; et cela rend si malade que je veux vous épargner cette souffrance.

LOUIS

Pour moi, maman, je suis sûr de ne pas l'avoir, et Anna ne doit pas le craindre non plus ; car, l'autre jour, nous sommes allés à la pêche aux huîtres, comme vous savez, et nous n'avons pas souffert.

Mme DU THEIL

Sans doute, pour une demi-heure sur mer il n'y a pas ce danger ; mais s'embarquer pour deux heures, comme vous le désirez, ne serait pas prudent.

LOUIS

Il nous faut donc renoncer à toute distraction de peur de souffrir ? J'avoue que cela me semble triste !

ANNA

Vous voyez, ma petite maman, que cela nous ferait grand plaisir ; accordez-nous cette permission.

Mme DU THEIL

Mes chers enfants, je vous accorde ce que vous me demandez, bien que je sache à l'avance ce qui va vous arriver.

Pour moi, je n'ai aucune crainte, ayant déjà fait

de longues promenades en bateau et sur mer sans
rien éprouver; mais je n'avais pas votre âge.

Ainsi vous le voulez, malgré mes sages observations?

LES ENFANTS

Oui, oui, maman; nous répondons de tout ce
qui arrivera! Nous allons prévenir Jean-Baptiste.»

Les enfants se mirent à courir sur la plage.

« Louis, pourvu qu'il soit là? dit Anna.

LOUIS

Je vois ses filets et son bateau amarré là-bas!
Nous sommes sûrs de notre affaire !

Jean-Baptiste, cria Louis, aussi loin qu'il
aperçut le pêcheur occupé à cuire des crevettes,
nous voudrions faire une promenade sur mer;
voulez-vous venir? Maman nous l'a permis; elle-
même vient avec nous.

JEAN-BAPTISTE

Je suis à vos ordres, Monsieur; mais la mer
montante sera forte, et je craindrais aujourd'hui
que vous ne fussiez malades.

ANNA (bas à Louis).

Bon ! on dirait qu'il a entendu maman.

LOUIS (bas à Anna).

Allons tout de même! Nous avons la permission; demain il peut venir de la pluie, maman

peut changer d'idée. Jean-Baptiste est là ; allons vite chercher maman.

(*Haut à Jean-Baptiste*).

Voulez-vous arranger la barque ? Nous allons prévenir maman que tout est prêt. »

Jean-Baptiste regarda la mer, et, secouant la tête, alla détacher sa barque.

JEAN-BAPTISTE

« Vous tenez donc, Madame, à aller en mer aujourd'hui. Si vous vouliez attendre, on trouverait une journée plus favorable.

Mme DU THEIL

J'ai donné la permission à mes enfants ; mais j'ai peur qu'ils n'aient le mal de mer.

JEAN-BAPTISTE

La chose pourrait bien arriver ; je conseillerais à Monsieur et à Mademoiselle de remettre la promenade.

LOUIS

Non ; nous désirons aller aujourd'hui même.

Mme DU THEIL

Alors embarquons-nous. Je ne retire pas ma parole. Seulement emmenons Victoire ; elle peut nous être utile. »

Quelques moments après, les enfants, dans une grande joie, voyaient fuir avec rapidité leur maison, la plage, la hutte du pêcheur, les roches noires, et voguaient vers la pleine mer.

ANNA

« Voyez, maman, tout là-bas, cette belle écume blanche sur les vagues si vertes !

JEAN-BAPTISTE

Ceci s'appelle la mer qui moutonne, Mademoiselle, et tout à l'heure la barque va danser sur ces flots-là.

Mme DU THEIL

Jean-Baptiste, nous aurions tort de persister ; il y a peut-être du danger : le vent se lève.

LES ENFANTS

Oh ! maman, voilà que vous reprenez votre parole, et nous ne sommes pas malades !

Mme DU THEIL

Je prie Dieu, mes enfants, qu'il ne vous punisse pas de votre entêtement.

JEAN-BAPTISTE (*après quelques moments de silence*).

Tenez-vous bien ; voici le roulis qui commence, et le vent redouble.

ANNA (*tout bas à Louis*).

Si la barque roule longtemps comme cela, j'aurai mal au cœur.

LOUIS (*bas à Anna*).

Ne dis rien ; c'est très-amusant, et puis on se moquerait de nous.

VICTOIRE (*bas à Mme du Theil*).

Madame, les enfants ont le mal de mer ; regardez comme ils sont pâles.

Mme DU THEIL

Jean-Baptiste, revenons ; en voilà assez pour aujourd'hui. »

Les enfants restent silencieux.

ANNA (*tout à coup*).

«Ah ! maman ! que je suis malade ! Je suis tout étourdie ; mon cœur se soulève !

LOUIS (*bas à sa sœur*).

Hé ! crois-tu donc que je sois à mon aise, moi ?...

JEAN-BAPTISTE

Tenez-vous bien ! Voici un grain ; je vais amener la voile ; les vagues sont énormes, nous allons embarquer de l'eau. »

La barque est soulevée par de grosses vagues. Quelques-unes envoient leur écume sur les promeneurs.

Les enfants, n'en pouvant plus de nausées et de souffrances, roulent au fond de la barque.

Mme DU THEIL

« Mon Dieu ! ayez pitié de nous ; nous allons périr ici !

JEAN-BAPTISTE

N'ayez pas peur, Madame, *le Saint-Pierre* est solide, puis il a été bénit ; enfin, lui et son vieux maître en ont vu bien d'autres ! »

La pêcheuse tient d'une main habile le gouvernail, tandis que Jean-Baptiste rame autant que les vagues le lui permettent.

LOUIS ET ANNA (*au fond de la barque*).

«C'est à mourir !... Otez-nous d'ici !... Nous n'en pouvons plus !... Nous sommes tout mouillés !... Oh ! quelles souffrances dans l'estomac et dans les jambes !

Mme DU THEIL (*désespérée*).

Qu'ai-je fait ! quelle faiblesse ! Ah ! malheureux enfants ! je n'aurais pas dû vous céder.

JEAN-BAPTISTE

Ne vous faites pas de chagrin, Madame ; encore vingt minutes à peine, et nous débarquerons. Voyez-vous, c'est nécessaire ces leçons-là ; les enfants, ça veut voir par soi-même. Mais, Victoire, visse le gouvernail un moment ; prends ma vareuse et ta cape, et couvre ces pauvres petits ; il ne faut pas qu'ils aient froid. »

Mme du Theil ôte son châle et en couvre les enfants, qui poussent des gémissements plaintifs, n'ayant plus la force de parler.

Mme du Theil se désespère et trouve le temps bien long. Le pêcheur rame de toutes ses forces, luttant contre d'énormes vagues. Victoire tient le gouvernail d'une main ferme.

Tout à coup une vague d'une grosseur prodigieuse se montre à l'horizon, et Jean-Baptiste s'écrie :

« Tenez bien, les enfants !... tenez-vous, tout le monde !... C'est un coup de mer !... »

La vague semble monter jusqu'aux nues, et, s'abattant assez près du bateau, le couvre d'eau et d'écume !

Mme du Theil s'était jetée à genoux près des enfants qu'elle tenait, invoquant celle que les marins appellent leur protectrice !

JEAN-BAPTISTE

« Madame, nous venons de courir un danger. Si la vague s'était abattue sur nous, nous coulions à fond. Mais enfin c'est passé. Remercions le bon Dieu. »

Mme du Theil, émue aux larmes, ne répondit rien au pêcheur. Après dix minutes qui semblèrent un siècle à la pauvre mère, les voyageurs revirent la plage et leur maison. Les enfants étaient toujours au fond de la barque, sans connaissance, Mme du Theil pleurant.

JEAN-BAPTISTE

« Ne pleurez pas, ma bonne dame, ce sera passé ce soir.

VICTOIRE

Il faut coucher monsieur et mademoiselle, Madame. Je vais emporter Mlle Anna ; toi, Jean-Baptiste, prends M. Louis. »

On descendit tristement. Les enfants n'ouvraient pas les yeux ; leur pâleur désolait leur pauvre mère. On les coucha dans des lits bassinés, car ils étaient à moitié morts de froid.

Leurs premières paroles, en rouvrant les yeux, fut de demander humblement pardon à leur mère, à laquelle ils avaient fait tant de peine, et dont ils auraient pu causer la mort, ainsi que celle des pêcheurs et la leur même, par leur entêtement.

Mme du Theil, voyant les enfants accablés de chagrin et malades, leur pardonna généreusement les angoisses qu'ils lui avaient causées.

CHAPITRE XX

Dives et les dentellières.

Louis et Anna se levèrent le lendemain tout pe-
nauds, tout brisés des souffrances de la veille ; la
vue seule de la mer leur soulevait le cœur. Ils demandèrent à Mme du Theil de ne pas prendre leur
bain.

« Mes enfants, dit cette dernière, vous êtes trop
faibles pour venir à l'église de Beuzeval, si éloignée de la plage. Mais habillez-vous vite, et allons
à la vieille église de Dives mettre un cierge au bon
Dieu. Nous avons été bien miraculeusement gardés hier, mes bons enfants ; car nous pouvions
périr tous dans ce coup de mer, par suite de votre
imprudence. »

Louis et Anna baissèrent la tête, bien chagrins
de ce doux reproche ; et puis ils avaient peur
d'être raillés par les pêcheurs, auxquels ils avaient
montré tant d'entêtement. Acceptant avec empres-
sement la bonne proposition de leur mère, ils partirent avec elle, pour remplir ce pieux devoir de

remercier le bon Dieu, qui les avait si bien gardés au milieu de la tempête.

Dives est un ancien petit port dont la mer se retire de plus en plus. Son église est ancienne aussi et curieuse à visiter; elle contient de nombreux ex-voto, les marins ayant grande confiance dans la bonne Vierge de Dives.

« Allons vite chercher le gros cierge que j'ai promis hier à la sainte Vierge, au moment du danger; faisons aussi nos meilleures prières, et puis après nous nous promènerons dans le bourg, que nous ne connaissons pas, » dit Mme du Theil à ses enfants.

On pria de tout cœur, remerciant celle qui n'a jamais été invoquée en vain; puis, ayant allumé un beau cierge devant son autel, on visita la petite église.

« Maman, dit Anna, qu'est-ce que tous ces petits navires pendus ainsi à la voûte ?

Mme DU THEIL

Ce sont des dons, après des vœux exaucés, mon enfant. De pieux marins sauvés d'un naufrage certain, après une ardente prière, ont fait de leurs mains ces petits navires, et les ont apportés là afin de témoigner leur profonde gratitude à la vierge Marie, si bien nommée l'*Étoile de la mer*. Cette coutume est touchante, car ces pauvres gens n'ont rien à offrir de mieux que leur cœur et le plus joli travail de leurs mains. »

On sortit de l'église, et on se promena dans les petites rues tortueuses de Dives. Devant presque toutes les portes, des femmes ayant un métier sur leurs genoux travaillaient activement.

ANNA

« Que font donc toutes ces femmes-là, maman ? Qu'est-ce que toutes ces épingles et ces pelotes ?

Mme DU THEIL

Ce sont des dentellières, chère enfant ; approchons-nous, et examinons leur travail. Je vais aussi acheter quelque chose, car il faut encourager ces bonnes ouvrières.

ANNA

Regardez cette jeune fille, maman ? Elle travaille sans lever la tête ; achetez-lui, s'il vous plaît, plutôt qu'aux autres ; elle a peut-être ses parents à soutenir.

Mme DU THEIL

Tu as raison.

(*A l'ouvrière.*)

Bonjour, Mademoiselle ; quelle dentelle faites-vous là ?

L'OUVRIÈRE

C'est ce qu'on nomme, Madame, de la dentelle de Caen, faite toute en soie.

Mᵐᵉ DU THEIL

Je vois que c'est joli et bien finement fait ; avez-vous quelque chose de prêt à vendre ?

L'OUVRIÈRE

Nous travaillons presque toujours sur commande ; cependant j'ai dans ce moment quelques objets dont je puis disposer. Si vous voulez entrer, Madame, je vais vous montrer ce que j'ai de mieux. »

On entra dans une petite maison bien propre et bien arrangée. Une vieille femme infirme, assise dans un fauteuil, était occupée à dévider de la soie ; elle souhaita le bonjour aux voyageurs.

« C'est votre mère ? dit Mᵐᵉ du Theil à la jeune fille.

L'OUVRIÈRE

Pardon, Madame, c'est ma grand'mère.

Mon père, marin, est mort au service de l'État. J'avais perdu ma mère toute jeune ; mon travail de dentelle nous fait vivre toutes deux, ma grand'mère et moi.

Mᵐᵉ DU THEIL (*examinant les ouvrages*).

Oh ! mais vous êtes fort habile ; voici de jolies choses. Êtes-vous bien payées pour ces jolies dentelles ?

L'OUVRIÈRE

Très-peu, Madame ; notre ouvrage passe entre

tant de mains ! Des personnes parcourent le pays
nous donnant des commandes ; une fois l'ouvrage
fait, elles le vendent à Caen, où les magasins en
gros de tous les pays viennent s'approvisionner.
Ces magasins de gros vendent à tous les autres,
où vous achetez, vous, Mesdames, à vos modis-
tes, lingères, etc. Nous n'avons donc, nous autres, qu'un léger bénéfice.

Voyez, Madame, cette bande de dentelle. Pour
la faire j'ai dix francs, et à Paris elle sera vendue
quarante francs. Mais enfin cela nous donne du
pain, et il ne faut pas être ingrate envers la bonne
Providence.

Mme DU THEIL

Avez-vous des voiles de dentelle noire ?

L'OUVRIÈRE

Oui, Madame ; en voici un très-joli, et puis un
autre très-simple.

Mme DU THEIL

C'est justement ce qu'il nous faut ; je les prends
tous deux. Mais, dites-moi, Mademoiselle, seriez-
vous contente d'avoir des commandes plus payées,
sans passer par les mains qui gagnent tant sur
vous ?

L'OUVRIÈRE

Oh ! Madame, ce serait mon plus grand désir,

n'étant point engagée à l'avance pour ces commandes peu avantageuses.

Mᵐᵉ DU THEIL

Eh bien, mon enfant, puisque je vois en vous
tant de courage et de cœur, et que vous êtes le
seul soutien de votre bonne grand'mère, je vous
aurai de l'ouvrage avantageux. Je suis veuve, et
je ne vais plus dans le monde ; mais j'ai des amies
qui sont forcées par position d'y aller, et, à ma
demande, elles vous donneront à faire de beaux
volants et des châles de dentelle noire.

L'OUVRIÈRE

Madame, combien vous êtes bonne ! et comme
je vais prier Dieu pour vous ! »

On paya ses acquisitions ; et, après avoir pris
plaisir à voir travailler la bonne jeune fille, dont
Mᵐᵉ du Theil avait pris le nom, on continua la
promenade.

Mᵐᵉ DU THEIL

« Voici, mes enfants, un magasin rempli de
choses assez jolies et curieuses. Des oiseaux des
îles, des coquilles de Chine, de jolis navires, de
belles petites boîtes couvertes avec des coquillages
très-délicats, des graines d'Amérique, des cocos finement travaillés, etc. Choisissez-vous quelques jolis souvenirs ; je suis bien heureuse de vous les
offrir. »

Louis choisit un charmant navire avec ses cordages, sa chaloupe, etc. Anna acheta un délicieux coco pour mettre son chapelet, et, bien contents, les enfants reprirent avec leur mère la route de Beuzeval.

ANNA

« Maman, comment vous remercier de ce joli voile que vous venez de me donner ? Je n'ai pourtant pas mérité de récompense !

LOUIS

Ni moi non plus, chère maman. Ah ! que vos bontés nous trouvent repentants !

Mme DU THEIL

Chers enfants, je ne puis pas être plus difficile que Dieu, qui pardonne aux pécheurs, pourvu qu'ils aient un sincère repentir. »

Les enfants, dont de grosses larmes couvraient les joues, coururent embrasser leur bonne mère ; on rentrait dans la jolie solitude de Beuzeval.

CHAPITRE XXI

La mouette blessée. — Les goëlands. — Les coquilles
Saint-Jacques.

« Permettez-nous, maman, dit Anna, de ne
pas prendre notre bain aujourd'hui. Nous sommes
encore bien endoloris de notre demi-naufrage
d'avant-hier?

Mme DU THEIL

Je le veux bien. Je vais prendre mon ouvrage,
et pendant que je travaillerai à l'ombre de la fa-
laise, vous pourrez courir sur la plage à votre
fantaisie. »

Nos jeunes amis se munirent du filet dans
lequel ils mettaient leurs trouvailles sur la plage,
et commencèrent leurs recherches.

ANNA

« Quelle belle coquille! je n'en ai pas vu de si
belles encore.

LOUIS

Et moi, donc? Regarde ce que j'ai trouvé.

ANNA

Oui, tes coquillages sont vraiment beaux et rares; mais comment savoir leurs noms? Jean-Baptiste est à la mer pour la journée.

LOUIS

Tu vois bien ce pêcheur qui descend le poisson de sa barque? c'est un grand ami de notre baigneur. Ça doit être un brave homme; il a une bonne figure. Si tu veux venir, nous allons lui demander les noms de nos coquilles.

ANNA

Je le veux bien ; allons-y avant qu'il parte. »

Les enfants s'approchèrent timidement du marin. Louis, prenant la parole, lui dit :

« Pourriez-vous nous dire, s'il vous plaît, le nom de ces belles coquilles?

LE MARIN

Bien volontiers, Monsieur. La plus grande est une coquille Saint-Jacques ou bénitier. J'en ai bien vendu de ces coquilles-là! Des personnes de Paris m'en achetaient tout ce que je pouvais en trouver. Ce n'était pas pour manger le poisson du dedans, qui n'est pas mauvais; mais on les faisait monter avec une petite charnière en argent, qui reliait les deux coquilles; alors on s'en servait pour cuire des œufs et mille autres choses, cuites dans la coquille même. Il paraît qu'on trouve cela très-joli pour paraître ainsi sur la table des personnes riches.

Ces autres coquillages que vous tenez là sont nommés peignes à côtes rondes. Cela se mange comme l'autre coquille; mais ce n'est pas bon comme l'huître, tant s'en faut.

Mais, dit encore le marin, s'adressant à Anna, vos coquilles Saint-Jacques sont bien belles; Mademoiselle; si vous les donniez à monter, on pourrait vous en faire de jolis bénitiers. Vous auriez là un charmant souvenir de Beuzeval. »

Les enfants remercièrent bien le marin, et ils continuèrent leurs recherches et leur promenade.

Tout à coup une détonation se fit entendre près des falaises; et le son, répercuté par les échos de la plage, se fit entendre au loin.

« Que peut tirer ce chasseur? dit Louis à Anna.

— Sans doute quelques alouettes de mer, répondit celle-ci; mais voici le chasseur qui s'en retourne à Dives; c'est un baigneur comme nous. »

A peine avaient-ils fait quelques pas, qu'un grand oiseau vint tomber tout près d'eux. Le blanc de neige de son beau plumage disparaissait sous de larges taches de sang. La pauvre bête, les ailes étendues, semblait demander du secours aux enfants. Ils le prirent sans peine, et le portèrent à Mme du Theil.

« Maman, s'écria Anna, guérissez vite, je vous en prie, ce pauvre oiseau, qu'un méchant chasseur vient de blesser à l'instant.

Mme DU THEIL

C'est une pauvre mouette; elle a l'air blessée à mort. »

Mme du Theil examina bien doucement et avec attention l'oiseau blessé, et elle dit :

« Le bout de l'aile a été coupé par le plomb. Je ne lui vois pas autre chose. Peut-être pourra-t-elle guérir, cette mouette que le chasseur a fait tant souffrir pour le seul plaisir de prouver son adresse.

— Oh! dit Louis, c'est un plaisir cruel; et pour moi, si je deviens grand chasseur un jour, cela m'étonnera fort ! j'aurai bien changé! »

Pendant cette conversation, Mme du Theil avait bandé l'aile de la mouette tout doucement avec son mouchoir, et avait couché le pauvre oiseau si endolori dans son panier à ouvrage.

Une demi-heure après, les enfants revinrent avec Jean-Baptiste, qu'ils avaient trouvé rentrant de la pêche. Ils lui demandaient de venir guérir la mouette blessée. Le pêcheur prit l'oiseau avec précaution, et dit :

« Je vais le remettre à Victoire, qui va vous le guérir; et puis vous l'emporterez, si vous voulez.

ANNA

Emporter cette pauvre mouette, qui ne verrait plus la mer qu'elle aime tant! Oh! non, n'est-ce pas, maman?

Mme DU THEIL

Guérissez-la, Jean-Baptiste, et nous aurons le plaisir de la rendre à sa belle plage.

JEAN-BAPTISTE

Oh! Madame, je vous comprends bien. Les mouettes et les goëlands sont nos amis, à nous autres marins. Ils nous consolent lorsque, bien loin de ceux que nous aimons, nous ne voyons plus que le ciel et la terre.

Quel bonheur, alors, si dans notre isolement quelques-uns de ces chers oiseaux viennent nous parler de cette patrie que nous désirons tant revoir! Enfin, ils nous annoncent les orages, et beaucoup d'entre nous sont rentrés au port avant la tempête, d'après leurs avertissements.

Mais voici l'heure du bain. Voulez-vous venir, Monsieur et Mademoiselle?

Mme DU THEIL

Non, Jean-Baptiste, les enfants ne se baigneront pas aujourd'hui. Ils sont encore fatigués de

leur triste promenade en bateau. Venez les prendre
demain matin. »

CHAPITRE XXII

Le bain et le souffleur.

« Voyez, maman, comme nous nageons bien, »
dit Anna à M᷉ᵉ du Theil en prenant le bain du
matin.

« C'est vrai, Madame, » dit Jean-Baptiste,
regardant nager les enfants.

« Voilà mes élèves passés maîtres en natation.
Ils piquent des têtes de ma barque dans la mer
comme de vrais poissons! Ils n'ont pourtant que
vingt-cinq leçons.

M᷉ᵉ DU THEIL

Je reconnais, Jean-Baptiste, que vous êtes un
bon maître, et je vous suis bien obligée des soins
que vous avez donnés à mes enfants.

LE PÊCHEUR

Ah! Madame, j'ai de la conscience, et j'ai fait
de mon mieux; voilà tout.

Mme DU THEIL

Mais j'entends crier!...

Chers enfants, qu'avez-vous?... »

Plus prompt que l'éclair, Jean-Baptiste, après une dizaine de brasses, fut auprès de Louis et d'Anna, lesquels, s'étant un peu éloignés, nageaient de toutes leurs forces pour revenir à terre.

JEAN-BAPTISTE (*nageant près d'eux*).

« Qu'avez-vous, mes enfants? Vous m'avez appelé?

LOUIS

Une affreuse bête vient de passer entre nous deux.

ANNA

Cela doit être une baleine, c'est énorme!... Je suis toute tremblante!...

JEAN-BAPTISTE

Ce n'est rien! n'ayez pas peur, je suis là! Maintenant reprenez pied et reposez-vous; ce que vous avez vu n'est pas méchant; c'est un jeune souffleur qui a voulu jouer avec vous.

ANNA

Jouer avec nous! Quelle horreur! Il aurait pu nous manger.

JEAN-BAPTISTE

Mais non, ces animaux ne font aucun mal, c'est l'ami de l'homme. Mais, tenez, voici tout le

troupeau; ils sont au moins vingt! Regardez-les
jouer dans l'écume! Ne diriez-vous pas de jeunes
chiens qui s'amusent? Le seul tort qu'ils pouvaient vous causer, c'eût été de vous faire perdre
la tête, et vous auriez bu de l'eau de mer, mais
non vous noyer, car j'étais là. J'aurais dû vous
prévenir; c'est ma faute.

Du reste, il a dû avoir plus peur que vous. Il
vous a pris de loin pour quelques-uns d'entre
eux.

ANNA

Est-ce que nous ressemblons à cette horrible
bête?

JEAN-BAPTISTE

Oh! mais non, ce n'est pas cela que je veux
dire. Seulement c'est doux, et cela aime à jouer.

LOUIS

Mais, Jean-Baptiste, qu'est-ce qui s'entortille
ainsi autour de ma jambe, voyez donc?

JEAN-BAPTISTE

Ça? c'est une méduse; je vais vous en débar-
rasser.

J'ai entendu dire à des messieurs savants que
ces bêtes sont autant animaux que plantes. Voyez
celle-ci, elle n'a aucun membre, aucun nerf. Ça
ressemble à une gelée. C'est dégoûtant; pourtant
il paraît qu'on fait avec cela un excellent engrais.

3'

Voyez, monsieur Louis, comme le bon Dieu n'a rien fait d'inutile. »

Les enfants allèrent rassurer leur mère, qui les attendait sur le rivage, bien inquiète. Elle pria Jean-Baptiste de ne jamais les quitter à l'avenir.

CHAPITRE XXIII

Récit de la pêcheuse. — Deuxième histoire de serpents.

« Êtes-vous allés remercier la bonne Victoire de ses soins pour vous l'autre jour, après votre échauffourée maritime? dit Mme du Theil à ses enfants.

LOUIS

Non, maman; nous sommes d'affreux ingrats. Permettez-nous de réparer tout de suite cet oubli.

ANNA

Victoire a peut-être pris cet oubli pour un manque de cœur; c'est triste, cela!

Mme DU THEIL

Oui, surtout après les bons soins que cette excellente femme a eus pour vous.

LOUIS

Eh bien, chère maman, vaut mieux tard que jamais! nous avons pris notre bain, déjeuné; nous allons remercier Victoire et passer quelques moments avec elle; vous le voulez bien?

Mme DU THEIL

Dans une heure j'irai vous rejoindre; c'est entendu.

ANNA

Dis donc, Louis, qu'est-ce qu'il faut dire à Victoire pour la remercier?

LOUIS

Oh! il n'y a pas besoin de faire des phrases. Seulement, nous sommes en retard. Sans maman, qui nous a fait penser à remplir ce devoir, je crois que nous l'aurions oublié tout à fait. »

Les enfants, un peu gênés pour exprimer leurs tardifs remercîments, arrivèrent à la cabane des pêcheurs.

Victoire, très-occupée à son même travail des filets, ne les vit pas venir.

ANNA

«Ma bonne Victoire, nous vous remercions bien de vos soins pour nous, l'autre jour, lorsque nous avons été si malades, vous savez bien, dans le bateau.

VICTOIRE

Il ne faut plus parler de cela, Mademoiselle,
que pour remercier le bon Dieu; cependant, moi,
je n'ai fait que mon devoir.

LOUIS

C'est que, Victoire, nous avons été bien malades. Je ne vous cache pas que je croyais mourir;
et, vrai, vous avez été bien bonne pour nous, à
ce que nous a dit maman, car nous n'y voyions
plus clair avec cet horrible mal.

VICTOIRE

On ne meurt pas du mal de mer, monsieur
Louis, mais cela fait souffrir. Oh! si j'avais pu
prendre votre mal à tous pour moi seule!

ANNA

Si nous ne vous gênons pas, Victoire, nous res-
terons un peu avec vous.

VICTOIRE

Me gêner, ma chère demoiselle! je suis trop
heureuse de vous voir là tous deux avec moi.
Comment va faire la pauvre vieille pêcheuse
lorsqu'elle ne vous verra plus? J'ai entendu dire
que vous partiez la semaine prochaine; est-il donc
vrai?

LOUIS

Oui, nous allons partir dans quelques jours.
Nous quitterons notre cher Beuzeval à regret, Vic-

toire; mais la fin des vacances arrive, et ma sœur et moi nous allons reprendre nos études, elle à la maison, près de maman, et moi au collége de Vaugirard.

VICTOIRE

Peut-être que l'année prochaine vous reviendrez encore ici? Nous le souhaitons bien.

ANNA

Maman nous l'a promis, Victoire; aussi nous en sommes sûrs.

VICTOIRE

Jean-Baptiste vous mettra de côté tout ce que la mer nous apportera de curieux d'ici là : des coquillages, des plantes marines; enfin moi, je vous ferai des filets à crevettes et de légers paniers de jonc pour mettre vos pêches.

LOUIS

Je vous remercie bien, Victoire. J'espère que vous nous donnerez de vos nouvelles quelquefois. Vous nous direz si Jean-Baptiste a fait de bonnes pêches.

VICTOIRE

J'ai pourtant appris à écrire, Monsieur, mais je ne m'en souviens plus bien. Le pêcheur n'écrit pas mal, dit-on; c'est lui qui vous présentera nos respects lorsque vous serez loin de nous.

ANNA

Pour moi, Victoire, je n'oublierai jamais vos charmantes histoires et toutes vos bonnes attentions. Pour vos histoires, je les redirai à mes amies de Paris; je suis sûre qu'elles y prendront le plaisir que nous y avons pris nous-mêmes.

Mais... oserai-je vous demander si vous n'avez plus rien à nous dire. Vous resterait-il encore à nous conter quelque petite aventure de votre vie de bergère? Maman ne viendra que dans une demi-heure nous chercher; nous serions si contents!

VICTOIRE

Vous êtes si aimable, ma chère demoiselle, que je ne puis vous refuser. Voyons, je n'ai pas de belles chaises à vous donner, et vous n'êtes pas bien sur ce banc. Tenez, mettez-vous sur ce varech sec. C'est pour faire nos matelas de cet hiver, car le bon Dieu permet que les pêcheurs trouvent tout dans la mer. Êtes-vous bien là?

LOUIS

Très-bien! Votre varech nous fait d'excellents fauteuils.

ANNA

Commencez, ma bonne Victoire, nous vous écoutons.

VICTOIRE

Pour moi, je n'ai plus grand'chose à vous dire, mais je vais vous raconter une terrible histoire. Cela est arrivé, non à moi, mais à un petit pâtre de nos voisins, dont les maîtres nous ont dit cent fois cette histoire.

Le petit Nicolas était donc berger à la ferme de Feuillée, éloignée d'une lieue de chez les maîtres où j'entrai bergère trois ans après l'affreux événement. C'était alors, vous le voyez, assez nouveau.

Nicolas prenait ses treize ans; il était si petit, qu'on lui donnait dix ans au plus. Ce n'était pas un méchant enfant; mais il ne voulait faire qu'à sa tête, et ce défaut désolait ses maîtres et le bon curé de la paroisse, qui lui avait souvent dit pourtant que le bon Dieu punissait sévère- ment les enfants entêtés et désobéissants. De cela Nicolas ne tenait aucun compte, et, si l'occasion se présentait, il désobéissait en faisant à sa fan- taisie.

Un jour qu'il menait paître ses vaches dans un grand pré, il vit sur une pierre au soleil un tout petit serpent, gros comme un brin de laine. Si le petit garçon avait été obéissant, il aurait écrasé avec son sabot cette méchante bête. Loin de là; il regarda de près le petit serpent, le trouvant joli;

puis, se souvenant d'avoir entendu dire que les reptiles aimaient le lait, il alla à une de ses vaches; et de son lait, dont il venait de traire un peu dans le creux de sa main, il donna à boire au serpent, en le versant sur la pierre à côté de lui. L'animal but, au grand contentement du petit berger, et courut se cacher sous un énorme rocher, qui était près de la pierre sur laquelle Nicolas l'avait trouvé.

Le lendemain, le petit garçon fit la même chose. Après avoir bu le lait, le serpent s'en alla encore sous la grosse pierre.

Tout l'été, Nicolas fit le même manége; et à l'automne, le serpent était gros comme le petit doigt.

Dès qu'il arrivait au grand pré, le berger sifflait; le reptile venait, buvait le lait qui était sur la pierre, et se sauvait ensuite.

Nicolas, remarquez-le, faisait deux mauvaises actions : non-seulement il désobéissait en ne tuant pas un animal nuisible, comme on le lui avait recommandé, mais encore il prenait tous les jours du lait qui appartenait à ses maîtres et le perdait pour son plaisir, sans aucune conscience.

Le berger sentait bien qu'il faisait mal, car il avait caché tout cela à ses maîtres. Il ne demandait là-dessus aucun conseil à personne.

Au commencement de l'hiver, le fermier reçut
une lettre pour 'e petit berger. Le père de ce
dernier, qui ét t domestique de ferme, venait
de tomber mai de. Il demandait Nicolas pour le
remplacer pendant sa maladie, afin de ne pas
perdre sa place.

Les maîtres du berger étaient des gens justes
et bons. Ils dirent au pâtre :

« Petit, il est du devoir d'un bon enfant de
soulager ses parents; va donc près de ton père;
aide-lui de ton mieux, comme un brave enfant
doit faire. Tu nous feras faute, c'est vrai; mais
nous allons demander le petit garçon d'un de
nos journaliers pour faire ta besogne. Lorsque
tu reviendras, François te rendra ta place de
berger. »

Nicolas partit sur l'heure. Malheureusement le
bonhomme avait pris de mauvaises fièvres en
coupant les blés. Il les garda dix-huit mois; puis
enfin il en guérit, reprit sa place, et Nicolas
revint à Feuillée rentrer dans la sienne, où ses
bons maîtres le reçurent avec plaisir.

Le diligence avait amené le berger vers les
deux heures. On lui donna à dîner, et après il
demanda à aller tout de suite près de son troupeau.

Nicolas avait grandi; c'était maintenant un beau
garçon de quatorze ans et demi; malheureuse-

ment il ne s'était pas corrigé, et faisait tout à sa tête.

« Va près de tes animaux, lui dit le fermier, puisque tu ne veux pas te reposer plus que cela. Renvoie-nous François; je vais le récompenser et l'envoyer à sa mère, qui a besoin de lui. Il ne restait que pour nous obliger. »

Le berger partit avec joie. Son grand désir était de revoir son serpent, auquel il avait tant de fois pensé sans en rien dire.

Ses vaches étaient justement au grand pré. Nicolas, en y arrivant, aperçut de loin François qui était occupé à tresser un panier, assis en gardant ses vaches, non loin de la pierre au serpent. Le berger avait si grande hâte de revoir son serpent, qu'il ne vint même pas dire bonjour à son petit camarade en lui faisant la commission du fermier. Il vint à la pierre et s'assit à côté. Là il se mit à siffler comme autrefois. Aussitôt parut sur la même pierre une énorme vipère, laquelle, ne trouvant pas de lait sur la pierre, s'élança à la tête de Nicolas, qui était assis. L'affreuse bête, énorme de longueur et de grosseur, le mordit plusieurs fois au visage; et, s'enlaçant autour de sa gorge, serra tellement ses replis, que le malheureux enfant, criant au secours, tomba à terre presque étouffé.

François accourut aux cris de Nicolas; et tout ce qu'il put faire fut de couper en deux le serpent, qui, ayant lâché le berger, rentrait sous son énorme roche.

François essaya de relever Nicolas; celui-ci, évanoui ou mort, ne bougeait plus. Le bon petit pâtre, au désespoir, se tordait les mains en appelant son camarade. Enfin il partit comme un éclair pour aller chercher des secours à la ferme.

Il fit trois kilomètres, courant toujours; et d'une voix entrecoupée par les larmes et l'effroi, il dit ce qui venait d'arriver sous ses yeux.

Le fermier partit à la hâte avec d'autres hommes. On trouva Nicolas noir comme du charbon, couvert de taches livides. Il était mort! Le médecin visita les morsures; il dit que la moitié de celles que le petit berger avait reçues étaient bien suffisantes pour tuer un homme.

Mais ce fut M. le curé qui fit un beau sermon lors de son enterrement, le lendemain. Il dit à tous :

« Vous voyez le danger des mauvaises affections. Il ne faut jamais fréquenter les méchants, sous aucun prétexte : Dieu le défend.»

Et puis, s'adressant aux enfants, il leur dit que la désobéissance était la seule cause de la mort du malheureux enfant. Tout le monde pleurait.

Plus tard on sut tous les détails et le commencement de cette triste histoire par un petit garçon auquel Nicolas avait conté sa liaison avec le serpent. Le pauvre petit n'en avait rien dit, parce qu'il pensait que c'était un conte pour rire que le berger lui disait là.

Cette histoire a fait tant de bruit, qu'aujourd'hui on la raconte encore dans le pays telle que je viens de vous la dire.

Mme DU THEIL

Victoire, j'ai entendu l'affreuse fin de votre petit berger; mais, là, est-ce une histoire ou un conte?

— C'est malheureusement une histoire vraie, Madame, dit Victoire. Le journal de la petite ville qui est à six lieues de là l'a racontée aussi. On était effrayé, parce que le pays est rempli de ces dangereux animaux; et Madame sait comme moi que les morsures de la vipère sont mortelles.

Mme DU THEIL

Allons, mes enfants, remerciez la bonne Victoire, qui se fatigue à vous dire des récits intéressants. Ne les oubliez jamais, car ils sont autant de leçons et d'exemples.

ANNA

Maman, je va's écrire cela en rentrant sur mon
livre où j'ai écrit tous les jolis récits de Victoire,
ne voulant pas les oublier. »

Louis remercia aussi la pêcheuse, et les enfants, très-émus de ce récit, revinrent avec leur
mère l'écrire pour ne l'oublier jamais.

CHAPITRE XXIV

La pêche à la seine.

En sortant de leurs cabines, où ils venaient de
s'habiller, et en quittant la mer, les enfants aperçurent un va-et-vient extraordina're sur le rivage.

Des femmes portaient de grands paniers; des
enfants, jambes nues, éta'ent à examiner avec
curiosité un objet déposé dans une grande barque
de pêche attachée près du bord.

Des pêcheurs causaient en groupe, paraissant
attendre quelque chose.

Les enfants étaient arrivés sur le lieu de cette
grande agitation; ils regardaient tout cela sans y

rien comprendre, lorsque Mme du Theil, venant
avec la pêcheuse, leur dit : « Mes enfants, la
bonne Victoire vient de m'inviter à voir avec vous,
qu'elle croyait rentrés à la maison, une belle
pêche à la seine; on n'attend que nous pour commencer, regardons donc attentivement ce que je
n'ai jamais vu. On dit que cela est intéressant.

VICTOIRE

Madame, si vous voulez vous asseoir, ainsi que
monsieur et mademoiselle, dans ce bateau échoué
sur le sable par la marée de ce matin, vous serez
beaucoup mieux et sans fatigue.

Mme DU THEIL

Je le veux bien, Victoire; je vous remercie de
cette bonne pensée.

LOUIS

Maman, pour vous et Anna, vous serez bien là,
assises sur les bancs de cette barque, sous vos
grandes ombrelles; mais pour moi, j'ai besoin de
suivre cette pêche de près: vous me le permettez?

Mme DU THEIL

Comme tu le voudras, mon ami. Mais que
fais-tu?

LOUIS

Maman, je me déchausse, et vais relever mon
pantalon jusqu'aux genoux pour examiner le filet,
et donner un coup de main aux pêcheurs s'ils le

veulent bien. Ah! quel bonheur! voilà Jean-
Baptiste qui arrive, je vais lui dire bonjour.

LOUIS

C'est donc vous qu'on attendait, Jean-Baptiste?
Arrivez donc! Regardez, dans cette barque là-bas,
c'est maman et Anna, qui sont assises pour voir
la pêche; pour moi, si je puis vous aider, je ne
demande pas mieux.

JEAN-BAPTISTE

Je suis bien le propriétaire de la seine, monsieur
Louis; mais ce qu'on attend, c'est la marée à bon
point pour commencer. Si vous voulez travailler,
vous aiderez à tirer sur la corde tout à l'heure.
Surtout, monsieur Louis, ne laissez pas la peau
de vos mains à la corde. »   .

Et Jean-Baptiste, tout en riant, monta dans la
barque où était le filet qu'avait examiné Louis un
moment avant. Un des bouts de cet énorme filet
était attaché par deux grosses cordes, lesquelles
furent laissées à des pêcheurs qui les tinrent solidement.

La grande barque, pendant ce temps-là, s'éloi-
gnait doucement du rivage, jetant à mesure le
filet, dont l'un des côtés, garni de plombs, tom-
bait au fond de la mer, tandis que l'autre, couvert
de petits carrés de liége, surnageait.

La barque décrivit ainsi un immense demicerclo. Lorsque la seine fut tout étendue dans la mer, on rapporta à terre l'autre bout du filet, dont d'autres pêcheurs saisirent les cordes, et la pêche commença.

Il s'agissait de réunir les deux bouts de la seine, afin que tout le poisson qui se trouvait entre ses deux extrémités fût enfermé dans l'espèce de poche qui se trouvait au milieu. Chacun donc tira à l'envi sur les cordes; Louis travailla aussi avec ardeur et activité.

Lorsque tous les plombs qui tenaient la seine au fond de la mer sur le sable, faisant l'effet d'un râteau, amenèrent leur proie, ce furent des cris de joie et de grandes clameurs.

Des poissons magnifiques et beaucoup de fretin furent amenés à bord. M⁰⁰ du Theil et Anna voulurent voir aussi ce que le filet avait apporté.

Chacun prenait plaisir à voir sauter à travers les mailles du filet tant de poissons différents, dont les écailles brillaient et étincelaient au soleil : des soles, des plies, des rougets, des bars, des anguilles, des sardines, etc., et puis des crabes de toutes tailles. Les belles pièces furent partagées également. Il en fut de même du fretin. On logea tout cela dans les paniers des pêcheurs. M⁰⁰ du Theil acheta de belles soles pour les envoyer à ses amis de Paris.

Les enfants voulurent acheter un énorme crabe tourteau qui avait failli déchirer le filet. Jean-Baptiste demanda à Mme du Theil la permission de le leur porter après l'avoir cuit et arrangé.

Puis il dit à ses jeunes élèves. « Je vois que vous voulez connaître le goût de tout ce que la mer nous apporte? Vous avez bien raison, car cela est sain pour l'estomac. »

Jean-Baptiste ramassa quelques jolies coquilles que le filet avait amenées. Il prit aussi de beaux galets de marbre blanc, et offrit le tout aux enfants.

ANNA

« Merci pour les coquilles. Mais ces galets, que pourrions-nous en faire?

JEAN-BAPTISTE

Quelque chose de bien joli, Mademoiselle; j'ai vu des dames qui faisaient de charmantes peintures sur ces galets : la mer, puis des barques; c'était très-naturel, et on se serait cru à Beuzeval. Elles ont emporté cela à Paris pour leurs amies; elles étaient enchantées de ces souvenirs. Il paraît qu'on met cela sur les tables pour empêcher les papiers de s'envoler. »

Anna sourit, et remercia Jean-Baptiste, puis elle dit à Mme du Theil : « Maman, comment ferons-nous pour emporter toutes nos jolies trouvailles de la mer?

— Ne nous tourmentons pas de cela, répondit cette dernière; nous trouverons des boîtes, autant qu'il nous en faudra, à Beuzeval. »

On prit les coquillages; les galets furent mis aussi dans les filets où l'on plaçait toutes les choses curieuses trouvées sur le rivage.

Tout le monde fut ravi d'avoir vu une pêche à la seine.

CHAPITRE XXV

Visite aux religieuses et à l'orpheline.

« Voilà vos vacances qui finissent, mes chers enfants, dit Mme du Theil; il faut penser au départ.

LOUIS

Eh bien, chère maman, on va reprendre ses études avec plus de courage, voilà tout.

ANNA

Moi je sens que je vais bien regretter la mer et
mon cher Beuzeval!

Mme DU THEIL

Cela est permis; mais ce souvenir ne doit pas
nuire à tes études, chère enfant. Vois comme Louis
sait prendre son parti.

ANNA

Mais, maman, ne dirons-nous pas adieu à notre
petite orpheline?

Mme DU THEIL

Tu m'y fais penser, ma fille! Allons-y aujour-
d'hui même. J'avais promis notre visite aux bonnes
religieuses la semaine passée, en leur envoyant du
poisson et des fruits. »

Après le déjeuner, la mère et les enfants se
mirent en route.

Après une longue promenade, on arriva chez
les bonnes sœurs. Bientôt la petite Jeanne fut
amenée à Mme du Theil. On remarquait en elle
une douceur et une politesse que les bonnes religieuses lui avaient enseignées.

Jeanne vint faire ses plus belles révérences à
Mme du Theil et à ses petits protecteurs. Anna embrassa la pauvre petite, et lui demanda si elle était
heureuse.

JEANNE

« Je suis bien contente d'être ici, Mademoiselle, les sœurs sont bien bonnes pour moi. Elles m'apprennent le catéchisme et toutes sortes de belles prières; et puis j'apprends à coudre et à faire de la dentelle pour pouvoir un jour gagner la vie à ma mère, quand elle sera vieille. »

Pendant ce temps, Mme du Theil recevait les meilleurs témoignages de la bonne conduite de la petite Jeanne, qui n'avait pas encore mérité une seule punition, et dont la docilité enchantait les sœurs.

Mme DU THEIL (*à la supérieure*).

« Vous me donnerez, je vous prie, ma bonne mère, très-souvent des nouvelles de Jeanne, nous ne l'abandonnerons jamais. Voilà maintenant un lien qui nous attache à Beuzeval. »

Louis et Anna avaient prié Mme du Theil d'avancer pour eux la première année de la pension de la petite fille.

Lorsque la supérieure des sœurs voulut remercier Mme du Theil, cette dernière lui dit :

« Je ne puis revendiquer ni la bonne pensée ni la bonne œuvre; tout cela vient de mes enfants.

— Merci, mes chers enfants, dit alors la sœur, de ce que vous faites pour cette pauvre orpheline; le bon Dieu vous le rendra au centuple, lui qui a dit « qu'un verre d'eau froide donné en son nom nous ouvre la porte du ciel ! »

Louis et Anna étaient très-émus.

La bonne supérieure leur offrit de jolies petites boîtes en coquillages et quelques jolis souvenirs de la mer, tout cela confectionné avec goût par les jeunes orphelines.

En rentrant chez eux, Anna dit à Mme du Theil : « Maman, ne trouves-tu pas que notre petite Jeanne est toute changée à son avantage ?

Mme DU THEIL

Je suis de ton avis, chère enfant. Il n'y a personne qui sache mieux élever les enfants que les religieuses. Mais quel dévouement ! ces saintes filles ont une patience, une charité que Dieu seul pourra récompenser ! »

Les enfants avaient le cœur content de leur bonne œuvre, et Mme du Theil était bien fière et bien heureuse de leur avoir inspiré dès leur jeunesse une tendre pitié pour les malheureux, et un amour de Dieu assez grand pour leur faire faire en son nom et pour lui leurs œuvres de charité.

CHAPITRE XXVI

Le phoqne échoué.

On prenait le bain du matin. Un peu fatigués d'avoir nagé, nos jeunes amis se reposaient sur le sable, où ils venaient de prendre pied. Tout à coup Louis s'écria :

« Comme on court là-bas! Qu'est-ce que tout ce monde sur la plage? Jean-Baptiste, voyez. On regarde quelque chose que la mer a laissé à découvert en se retirant.

JEAN-BAPTISTE

Je ne sais ce que c'est; c'est bien grand, ce que je vois sur le rivage..., peut-être quelque noyé.

Votre bain a été assez long, mes enfants, allez vous habiller. Je vais aller voir ce qui se passe là-bas; cela m'inquiète. »

Les enfants prirent le chemin des cabines, et Jean-Baptiste, en courant, celui de l'endroit où beaucoup de pêcheurs s'étaient rassemblés.

« Est-ce qu'il est arrivé un malheur? cria-t-il à un pêcheur, du plus loin qu'il le vit.

— Non, dit celui-ci, au contraire! C'est un phoque échoué cette nuit. Il a bien dix pieds de long.

— La chose est vraie, dit Jean-Baptiste, on va faire de la fameuse huile pour cet hiver! »

Après avoir ainsi causé quelque temps, Jean-Baptiste, qui avait jeté sa vareuse sur son costume de bain, aperçut les enfants, lesquels, habillés et sortis de leurs cabines, n'osaient avancer.

Jean-Baptiste leur fit signe de venir, et ils accoururent, leur curiosité étant très-excitée.

ANNA

« Je t'avertis, Louis, que je ne veux pas voir ce noyé.

LOUIS

Allons, ce n'est pas cela! Jean-Baptiste ne nous aurait pas appelés; c'est autre chose, ne crains rien.

JEAN-BAPTISTE

Venez voir cela, monsieur Louis, c'est intéressant pour vous, puisque vous m'avez dit que vous appreniez l'histoire naturelle. C'est un phoque ou veau marin, du moins nous nommons cela ainsi dans le pays. Cette pauvre bête est venue trop près du rivage, sur lequel une grosse vague l'a portée.

Lorsqu'il a voulu s'en retourner il était à sec, et trop loin de la mer; puis surtout il était comme incrusté dans le sable : regardez, quelle bonne tête!

On dit que cela pleure et se plaint comme une personne; pour moi, je ne saurais le dire. Je n'en ai vu que dans la mer, autour des navires, ou échoués comme celui-ci.

LOUIS

Que va-t-on en faire?

JEAN-BAPTISTE

On va le dépouiller, et on fera de bonne huile avec cette chair et cette graisse en les faisant fondre.

ANNA

Pour manger?

JEAN-BAPTISTE

Oh! non, cela ne vaut rien. Mais nous brûlons cette huile dans nos petites lampes; nous autres pauvres gens, nous ne sommes pas gênés par l'odeur, qui est bien un peu forte. De la peau on fait aussi bien des choses utiles.

Que voulez-vous, les plus pauvres d'entre nous font même une espèce de bouillie avec sa chair. Dame! il ne faut pas être difficile! L'été, si beau à Beuzeval, est quelquefois suivi d'un long et rude hiver. Et Mme la Misère nous visite alors.

ANNA

Quoi! Jean-Baptiste, on peut être si malheureux ici?

JEAN-BAPTISTE

Cela vous étonne, Mademoiselle? Mais pensez donc qu'il y a des mois entiers où la mer est si forte, qu'il n'y a pas moyen d'aller à la pêche. Il faut vivre comme on peut une fois que les économies faites l'été sont mangées.

On n'est pourtant pas paresseux, je vous assure. Tant qu'on est en santé, cela va encore; mais, si on est malade, que de peines alors!

ANNA

Quelles épreuves! L'hiver, pour la pêche, comment faites-vous? La mer est-elle toujours très-mauvaise?

JEAN-BAPTISTE

Mademoiselle, je sors quelquefois par des temps affreux. Les planches de nos petites barques semblent se briser sous les flots qui passent et s'abattent sur nos têtes.

Que voulez-vous, c'est notre métier. S'il y a tempête sur nos côtes, on tâche d'aller en pleine mer, et à quelques lieues on peut parfois pêcher. Mais, quand on revient, gare dessous!

Pourtant nous aimons notre métier, et aucun de nous ne l'abandonne pour un autre.

Mais, tandis que j'y pense, voudrez-vous venir
demain voir la bénédiction d'un bateau de pêche?
Le patron est un brave garçon de mes amis, qui a
pensé périr l'hiver dernier. Il a nagé pendant une
demi-lieue, et sa barque seule a sombré dans une
tempête. Vous voyez que cela sert de savoir nager,
monsieur Louis.

LOUIS

Nous demanderons à maman la permission
d'aller à cette bénédiction. Mais il est donc riche,
votre ami, puisqu'il a un autre bateau?

JEAN-BAPTISTE

Pas du tout. Il ne possède que ses bras et son
courage. Ah! il a envie de gagner son pain et
celui de son père, qui est infirme. Aussi tout le
monde s'y est prêté.

Les uns ont donné de l'argent, d'autres du bois,
d'autres ont fait des filets; enfin *le Saint-Jacques,*
c'est le nom du bateau, va prendre la mer demain, après la bénédiction de M. le curé.

ANNA

Si ce n'est pas une indiscrétion, Jean-Baptiste,
qu'avez-vous donné, vous, à votre ami?

JEAN-BAPTISTE

Oh! moi..., peu de chose..., n'ayant rien...; ce
n'est pas la peine d'en parler.

ANNA

Si, Jean-Baptiste, dites-nous cela, je vous en prie.

LOUIS

Ma sœur est très-indiscrète dans sa demande; ne lui répondez pas!

JEAN-BAPTISTE

Ce n'est pas un mystère, Monsieur, mais on n'aime pas à parler de soi... Enfin, voici la chose : Je suis allé à Caen, et j'ai vendu ma montre d'argent, avec bien du plaisir, pour mon camarade; cela a aidé à payer les journées du charpentier, qui n'en a pu donner qu'un petit nombre pour rien.

ANNA

C'est très-bien, cela, et vous avez un bien bon cœur! Mais, dites-moi, où se fera la bénédiction du bateau?

JEAN-BAPTISTE

A la pointe aux Sarcelles, à une demi-heure d'ici, à peu près. J'irai vous chercher à neuf heures; si votre maman veut bien y venir, je suis sûr qu'elle sera charmée de cette pieuse cérémonie.

Monsieur le curé sera là à dix heures. Il viendra après la sainte messe qu'il dit pour le jeune patron du bateau neuf. »

Louis et Anna vinrent conter à Mme du Theil toutes les émotions de la matinée, et l'invitation pour la bénédiction du lendemain.

CHAPITRE XXVII

La bénédiction du bateau.

« Quoi ! vos habits de tous les jours ? Allez bien vite faire toilette, dit Mme du Theil à ses enfants. Il faut faire honneur à notre bon curé, qui vient de si loin pour cette bénédiction.

— Bonjour, Madame, dirent les pêcheurs en entrant chez Mme du Theil avec leurs habits des dimanches. Il fait un temps magnifique ; c'est bien heureux, la cérémonie sera plus bel'e. »

On se mit en route pour la pointe aux Sarcelles. Tout en causant, on y fut bientôt arrivé.

Le Saint-Jacques avait été apporté du chantier de construction sur une charrette traînée par des bœufs.

Des pêcheurs l'avaient descendu adroitement, et

ils le posèrent sur le sable, d'où la mer devait le prendre en montant.

Ce bateau était bien solide, s'il n'était pas élégant de forme.

Une guirlande de feuillage l'entourait au dehors. Au gouvernail était placée une belle croix, et le fond du bateau était jonché de fleurs des champs et de fraîche verdure.

Le propriétaire du bateau, ainsi que quelques membres de sa famille, s'avancèrent au-devant du bon curé qui arrivait. Le pêcheur avait un cierge dont la flamme ne s'éteignait pas, tant l'air était calme.

Tout le monde se mit à genoux; le bon curé bénit le bateau, dit les oraisons, et toute l'assemblée chanta : *Ave, maris stella.* Rien de plus touchant que cette bénédiction.

Lorsque la cérémonie fut finie, Mme du Theil demanda à Jean-Baptiste si tous les bateaux de pêche recevaient cette sainte bénédiction.

« Autrefois, oui, Madame; nos pères n'auraient pas pris la mer sans faire bénir ces quelques planches qui ont servi de tombeau à beaucoup de nous. Mais aujourd'hui, s'il y a des pêcheurs impies qui ne le font pas, nous avons tous remarqué que le bon Dieu les a toujours punis de ce manque de confiance en lui.

« Dans d'autres pays on bénit tous les bateaux ensemble, et on dit la messe sur l'Océan. Cela se passe de même en Bretagne, dans ce fatal endroit nommé la baie des Trépassés. On dit une messe pour les pauvres pêcheurs qui ont péri sur mer.

« Comme aussi l'usage veut que la pêche de chaque nouveau bateau soit donnée au Seigneur, et je vous assure que le propriétaire du *Saint-Jacques* ne manquera pas à ce pieux devoir. »

Mme du Theil et les enfants furent très-heureux d'avoir assisté à cette touchante cérémonie, et édifiés des bonnes paroles du pêcheur.

CHAPITRE XXVIII

Arrangement des coquillages et des plantes marines.

« Ne songez pas à la promenade aujourd'hui, mes chers enfants, dit Mme du Theil à Louis et à Anna. Mais emballez vos plus jolies coquilles, car le départ est fixé à après-demain.

ANNA

Mais, maman, je vous assure que tous ceux que

nous avons ici ont déjà été choisis parmi les autres, et qu'ils sont très-rares et jolis.

Mme DU THEIL

Chère enfant, tu veux donc me faire payer un supplément de bagages? car nous avons là plus de vingt kilos.

LOUIS

Maman, je crois avoir trouvé un moyen pour arranger cette affaire, si vous me le permettez. Jean-Baptiste mettra tout cela dans une de ces grandes bourriches d'osier dans lesquelles il va ramasser les huîtres sur les rochers; puis, le tout bien emballé, il portera cela au chemin de fer par la petite vitesse, et, de cette façon, nous n'aurons pas le chagrin de laisser toutes ces jolies choses à Beuzeval.

Mme DU THEIL

Tu as raison, cela peut se faire. Veux-tu aller voir si Jean-Baptiste est à sa hutte? tu me l'amèneras. »

Louis partit en courant, très-préoccupé de son emballage.

Il ne trouva point le pêcheur. Victoire seule était à la cabane.

LOUIS

« Ma chère Victoire, Jean-Baptiste va-t-il arriver bientôt?

VICTOIRE

Mon bon petit Monsieur, oh! non, il est parti
avec le grand bateau, et il ne rentrera que dans la
nuit. Vous avez besoin de lui, sans doute?

LOUIS

Il nous faudrait une grande bourriche pour em-
baller nos souvenirs de Beuzeval. Nous ne savons
comment faire.

VICTOIRE

Oh! si ce n'est que cela, je puis le remplacer,
j'en ai déjà tant arrangé et emballé, de ces coquillages! et je vous assure que vous les recevrez
intacts chez vous. »

Victoire prit un grand panier avec beaucoup de
varech, et suivit Louis.

On commença par caser tous les objets de cette
façon : les gros galets au fond, puis une couche de
varech, puis les plus grosses coquilles.

On tria les plus fines et les plus élégantes de
formes, pour les mettre dans une des malles.

On finit par les plantes marines, dont les plus
délicates avaient été casées dans une petite boîte à
part, pour la placer dans la malle de Louis. Tout
fut bientôt arrangé.

VICTOIRE

« Vous allez donc partir, Madame?
Tenez, c'est là le triste de notre métier. Nous

nous attachons do tout notre cœur à ceux que lo bon Dieu nous envoie, comme si nous ne devions jamais les voir partir... et puis... un beau jour, le chemin de fer vous les emporte ; et vous restez avec vos bons souvenirs, mais vos amers regrets de ne plus les voir !

Mme DU THEIL

Ma bonne Victoire, si Dieu le permet, nous reviendrons l'année prochaine. Vous aurez encore bien des histoires à nous conter, n'est-ce pas ?

VICTOIRE

Oh ! Madame, si je savais que cela vous fît rester, je vous en conterais bien toute l'année ; car ma provision d'histoires n'est pas encore épuisée. »

Victoire sortit en emportant le panier, qu'elle alla mettre à la gare.

Son cœur était bien gros en pensant qu'elle allait perdre ceux auxquels elle se sentait déjà si attachée.

CHAPITRE XXIX

Les adieux.

« Maman, vous avez dit à Jean-Baptiste de ne pas venir; nous ne prendrons donc pas notre bain aujourd'hui?

Mme DU THEIL

Il faut songer à faire nos adieux au bon curé de Beuzeval. Je ne vois donc pas l'instant où vous pourriez vous baigner.

LOUIS

Ma chère maman, l'eau doit être si bonne par cette chaleur! et puis nous ferons nos vrais adieux à la mer; demain nous ne le pourrons pas.

Mme DU THEIL

Non, car nous irons à notre chère église demain matin, et ensuite il faudra faire nos derniers préparatifs pour partir demain soir après dîner.

ANNA

Eh bien, maman, nous pourrons nous baigner

ce soir, la marée sera à six heures ; le voulez-vous bien ?

Mme DU THEIL

Je le veux bien. Allez vite vous habiller ; nous irons dire adieu à notre bon curé.

ANNA

Ma nappe d'autel est finie ; me permettez-vous, chère maman, de l'offrir à l'autel de la Sainte-Vierge de notre pauvre petite église ?

· Beaucoup de personnes travaillent pour orner notre paroisse de Paris, Sainte-Clotilde, tandis qu'ici la bonne sainte Vierge n'a pas de très-jolies choses. Qu'en dites-vous, maman ?

Mme DU THEIL

Tu auras bien raison de le faire ; seulement ne la porte pas avec nous maintenant. Tu la placeras demain matin après notre messe d'adieu. M. le curé la dira pour nous, tu sais ? »

Les trois voyageurs firent, à travers les champs, le trajet un peu long qui sépare les maisons de la plage du village de Beuzeval. Le bon curé lisait son bréviaire dans une allée de son jardin. En attendant qu'il eût fini, nos voyageurs allèrent faire une prière à la petite église.

En apprenant le départ de la famille, le vieux prêtre témoigna son chagrin de perdre si vite ses chers paroissiens de quelques jours. Il demanda à

Louis s'il emportait quelques souvenirs de la plage.

« Ah ! dit Mme du Theil, nous avons une grosse bourriche remplie de coquilles, de galets, d'herbes marines. Je ne sais pas ce que nous ferons de tout cela à Paris ; car, monsieur le curé, nous n'aurons pas besoin de ces souvenirs pour penser à Beuzeval ! »

Le bon curé se mit à rire, et dit à Mme du Theil que les Parisiens aimeraient surtout à emporter la mer et la plage s'ils le pouvaient ; et, s'adressant à Louis :

« Qu'avez-vous fait de vos plantes et de vos herbes marines, mon jeune ami ?

LOUIS

Je les ai lavées à l'eau douce en les sortant de la mer, monsieur le curé, et je les ai mises simplement dans une boîte.

M. LE CURÉ

Eh bien, mon petit ami, je vais vous dire ce qu'il faudra en faire. Peu de personnes savent les arranger ; pourtant cela est simple et charmant.

Vous prendrez un cadre dont le verre soit très-bombé. Lorsque vous aurez ôté le verre, vous placerez dans le fond du cadre un carton très-fort, que vous enduirez d'une très-épaisse couche de gomme blanche fondue ; alors vous placerez

au milieu de votre cadre le corail que vous
m'avez montré l'autre jour; tout autour vous
poserez sur la gomme et disposerez avec goût vos
plus jolies coquilles; puis, bien étendus, vos
herbes marines, vos fucus, vos éponges, vos
jolies mousses rouges, et encore des coquilles, etc.
Lorsque tout aura été bien collé, vous laisserez
sécher la gomme et vous ferez remettre le verre.
Vous ne vous figurez pas comme cela est joli.
J'avais un cadre fait ainsi dans mes loisirs; une
famille parisienne le trouva si fort de son goût que
je le lui offris. Vous verrez que votre cadre fera
bien des envieux !

— Ah! quelle bonne idée! s'écria Louis; je
vous suis bien reconnaissant, monsieur le curé,
de cet excellent conseil. »

On causa longtemps avec le saint prêtre, et l'on
reprit la route ombreuse qui ramenait à la plage.

CHAPITRE XXX

Les adieux à l'église. — Le départ.

« C'est grand dommage de partir par un si beau temps, dit Anna à Mme du Theil. Regardez, maman, ce soleil splendide qui se lève là-bas sur la mer !

Mme DU THEIL

Je vois que tu as de grands regrets de quitter Beuzeval, chère enfant; mais, si tu y restais davantage, il est probable que l'ennui te prendrait. Puis tu ne pourrais pas achever tes études; tu sais que le temps de la récréation a toujours ses limites.

LOUIS

Mais oui, maman, je ne comprends pas qu'Anna ait tant de paresse pour rentrer à Paris. On voit bien qu'elle n'a pas à travailler le latin, le grec et les mathématiques comme moi.

Je n'ai pas de regrets d'avoir pris mes vacances;

mais enfin je sens qu'il est temps de rentrer au collége pour travailler ferme.

Mme DU THEIL

A la bonne heure! c'est parler en homme, cela ! Anna, suis l'exemple de ton frère, si désireux de reprendre ses études. Mais partons, mes enfants, notre messe se dira de bonne heure, vous savez ? »

On suivit, comme la veille, le chemin creux et frais qui menait à l'église. Anna avait pris sa belle nappe, puis des épingles pour l'attacher elle-même à l'autel de Marie; on en admira le bon effet.

Mme du Theil demanda au sacristain quelle était la couleur de l'ornement dont on avait le plus besoin.

LE SACRISTAIN

« C'est le blanc, Madame; nous sommes si pauvres que nous n'en avons qu'un bien vieux de cette couleur.

Mme DU THEIL

J'en enverrai un joli; cela fera plaisir à notre bon curé.

— Maman, dit Louis tout en cheminant, je remarque que, vous et Anna, vous faites des cadeaux à notre chère petite église; mais moi, je ne puis donc rien donner ?

Mme DU THEIL

J'attendais cette remarque et ce désir de ton
cœur, mon cher ami. Voyons ce que tu peux
offrir?

LOUIS

Si vous voulez, maman, je donnerai de beaux
bouquets. Un de mes amis du collége a donné, à
notre belle chapelle de l'Immaculée-Conception,
des bouquets comme on n'en a jamais vu.

Des roses blanches, mêlées avec du raisin d'or
et des feuilles dorées, c'est vraiment magnifique !
Si vous me le permettez, je prierai mon camarade
de m'indiquer le magasin où l'on a fait ces ravis-
sants bouquets, et j'en commanderai quatre pour
Beuzeval.

Mme DU THEIL

Je le veux bien; mais, mon bon Louis, comment paieras-tu cela? Tu as déjà la charge de
votre petite orpheline.

LOUIS

Maman, vous savez que jusqu'à présent je ne dé-
pensais pas mal d'argent à mes sorties. Eh bien,
je vais devenir d'une économie sans pareille, et
avec mes semaines et ce que me donnent grand'-
maman et mes oncles, j'aurai encore de l'argent
de reste pour donner aux pauvres qui nous de-
mandent dans nos promenades.

Mme DU THEIL

Cela me fait tant de plaisir, mes bons enfants,
que, pour vous récompenser de vos bons sentiments, je vous promets de revenir encore ici l'année prochaine.

ANNA

Quel bonheur ! je voudrais dormir une année
et me réveiller au commencement de nos pro-
chaines vacances à Beuzeval ! »

On arrivait.

Jean-Baptiste attendait ses élèves sur la plage.
Puis, après s'être bien reposé, on se jeta dans la
mer. On fit merveille !

Mme du Theil était enchantée de voir les enfants
se livrer à l'exercice si utile de la natation.

Ils quittèrent la mer avec regret, disant adieu
à cet élément, où ils avaient trouvé tant de plaisir,
de force et de santé.

Lorsqu'on fut rentré, les deux pêcheurs vinrent
ensemble, apportant ce qu'ils avaient trouvé de
mieux dans des coquillages de pays étrangers que
Jean-Baptiste avait rapportés de ses voyages ; il
les offrit aux enfants.

Les deux braves gens avaient les larmes aux
yeux. La famille du Theil fut bien touchée de
leurs souhaits et de leurs adieux, et les remercia

mille fois de leurs soins et de leurs attentions, que l'argent des leçons et des bains ne pouvait payer.

Puis la voiture arriva, et, après de longs regards jetés à cette mer si belle, si calme, si bleue ce jour-là, comme si elle avait à cœur de se faire regretter, on partit en disant : « Au revoir, » à ce charmant endroit où l'on avait passé si rapidement l'heureux temps des vacances.

APPENDICE

—◊◊—

Un mois plus tard, le bon curé recevait un bel
ornement blanc pour son église, et des bouquets
d'autel qui font encore l'admiration des baigneurs.

Les enfants lui demandèrent de vouloir bien remettre à leurs vieux amis les pêcheurs des souvenirs de reconnaissance :

Une belle montre d'argent à Jean-Baptiste pour
remplacer celle qu'il avait donnée au marin malheureux dont le bateau avait été brisé dans la
mer;

Pour Victoire, un beau chapelet monté en argent et rempli des plus belles médailles.

Jean-Baptiste et Victoire pleuraient de joie en

voyant que leurs jeunes amis ne les avaient pas oubliés.

M. le curé leur promit de remercier la pieuse famille en leur nom, comme au nom de ses paroissiens, pour les ornements donnés à la pauvre petite église de Beuzeval.

On pria au prône pour les jeunes bienfaiteurs et pour celle qui leur inspirait, dès leur jeunesse, des sentiments d'un si grand amour de Dieu.

FIN

TABLE

6345. — TOURS, IMPR. MAME

www.ingramcontent.com/pod-product-compliance
Lightning Source LLC
Chambersburg PA
CBHW070803280626
47162CB00016B/1608